大活字本シリーズ

歳三からの伝言

北原亞以子

《上》

JN150878

埼玉福祉会

歳三からの伝言

上

装幀　巖谷純介

目次

歳三からの伝言

伏見戦争

日が暮れかけている。底冷えのする伏見の夜の気配が、坐っている膝からしみ込んできた。奉行所の中に物音はない。奉行所の役人も、数日前からここを屯所としている新選組の隊士達も、手あぶりに炭をつぎたし、その炭が赤くおこるまで手をこすり合わせながら暖をとっているのかもしれない。

土方歳三《ひじかたとしぞう》は、手入れを終えた愛刀を眺めていた。和泉守兼定《いずみのかみかねさだ》である。兼定は、伏見の夜の気配よりひえびえと、静かに光っていた。

馬のいななきが聞えた。玄関の方からだった。つづいて物が放り出されるような音と隊士達のわめく声が聞え、玄関を駆け上がった足音が飛んできた。歳三は、兼定を鞘におさめて立ち上がった。

唐紙を開けると、奉行所の役人を突きのけて駆けてきた二番隊隊長の永倉新八《ながくらしんぱち》と、鉢合わせをしそうになった。

「どうした」

「局長が撃たれ……」

歳三は、新八を押しのけて走り出した。かつての隊士で、今、同じ伏見にいる伊東甲子太郎《いとうかしたろう》一派の生き残りの顔が脳裡をかすめた。

裸足で式台から飛び降りる。玄関から門へ通じる石畳に、門の周辺を警備中だったらしい隊士達が蹲《うずくま》り、人垣をつくっていた。歳三は、男達を突き飛ばして前へ出た。

暗い。薄闇の中に残るわずかな明るさが、次々に駆けつけてくる隊士達に遮られていくような気がした。

「どけ」

副長であると気づいた隊士達が、はじかれたように隅へ寄った。体格のよい男が、若い隊士に抱きかかえられていた。新選組局長の近藤《こんどう》勇《いさみ》であった。流れ出た血はどす黒く、肩も胸も、腹も足も濡らしている。どこに弾が当ったのか、歳三にはわからなかった。

ようすから見て勇は、狙撃された地点から馬を飛ばして帰りついたらしい。物が放り出されたような重苦しい音は、気力のつきはてた勇が馬から落ちた音にちがいなかった。

「山崎は。山崎は何をしてる」

「ここにいます」

勇の上にかがみこんでいた隊士が顔を上げた。鍼医者《はりいしゃ》の子の山崎《やまざき》
烝《すすむ》だった。奥医師の松本良順《まつもとりようじゆん》に見込まれて救急法を教えられていた
山崎は、血止めの応急処置をほどこしていたようだった。

「副長、邪魔です」

晒布《さらし》や酒を取ってきた隊士が、歳三を押しのけて山崎に渡そうとす
る。幾つもの灯りが左右から差し出された。

「傷は」

「右肩です」

馬を駆けさせてきたために出血がひどくなったのだろう、勇を赤く

染めた血は石畳にしたたりおちている。

「大丈夫か」

山崎に尋ねた歳三の声が、勇の耳に届いたらしい。勇はうっすらと目を開いて、わずかに唇をほころばせた。

「やられたよ」

「口をきくな」

歳三はぶっきらぼうに答えたが、勇は、赤みの失せている唇を舐め、それがせいいっぱいらしいかすれた声で言った。

「藤ノ森だ。島田と横倉が、いる」

狙撃されたのは、伏見街道の藤ノ森、そこにまだ、供をしていた島《しま》田魁《だきがけ》と横倉甚五郎《よこくらじんごろう》がいるというのだった。

生きているのか、死骸となっているのか。

顔を上げると、向い側にいた三番隊隊長の斎藤一《さいとうはじめ》と目が合った。斎藤は黙ってうなずいて、人垣から離れて行った。すぐに蹄の音が聞えてきた。斎藤が数人の隊士を連れて、藤ノ森へ向かったようだった。

人垣の中に、つめたい風が吹き込んできた。

「山崎。まだ動かせねえのか」

「すぐです。繃帯を巻き終えたら、部屋へお連れします」

「いや、奉行の居間へ運べ。あそこが一番静かだ」

勇が寝かされた戸板について廊下を歩いて行くと、隊士達と奉行所の役人達の言い争う声が聞えてきた。奉行所の役人達は、奉行所のすべてを新選組に使われるのをいやがっているようだった。歳三は、舌打ちをして戸板から離れた。

「ただの場合ではない。お貸しいただけまいか」

低く押し殺した声で言って、役人達を順に見た。見返す者もいたが、その男達も、すぐに目をそらせた。血まみれの勇を見れば、うしろめたい思いになるのだろう。

「お貸し願えるそうだ」

歳三は、戸板を支えている隊士達をふりかえった。隊士の一人が、医者をひきずるようにして長い廊下を駆けてくる。どこで見つけたのか、やわらかそうな夜具をはこんでくる者もいた。勇はその夜具の上に寝かされた。歳三は、そばにいた新八に目で合図をして部屋を出た。

「大坂ですか」

と、新八は言った。さすがに勘のよい男だった。

大坂城には、大政を奉還し、将軍職を辞した徳川慶喜《とくがわよしのぶ》がいる。その側には、慶喜の侍医《じい》で、新選組に好意を寄せてくれている松本良順がいた。蘭方医《らんぽうい》の良順なら、肩に入っている弾丸を抜き出して、勇の手がもと通りに動くような治療をほどこしてくれるにちがいなかった。

「が、直接、良順先生には頼むなよ」

「わかってますよ」

新八は、精悍な口許をほころばせた。

「良順先生も、新選組局長が怪我をしたから二、三日暇をくれとは、将軍家に申し上げにくいでしょうからね。会津侯も大坂城においでだというから、わたしは、会津侯に局長が狙撃されたことを報告します」

会津藩主松平容保《まつだいらかたもり》は、慶喜の大政奉還によって京都守護の職を辞していたが、結成当初の新選組は、容保のお預かりというかたちで京都見廻りの任務にあたっていた。勇の狙撃を報告するのは当然のことであり、報告をすれば事件は容保から慶喜に伝わって、良順が伏見へ来られることになるかもしれなかった。

新八はすぐに支度をすると言って、廊下を駆けて行った。慶応三年(一八六七)、師走十八日のことだった。

白々とした月がのぼってから、勇の供をしていた島田魁、横倉甚五郎の二人が、血まみれ、泥まみれの姿で帰ってきた。見廻りをかねて斎藤一が門の外へ出て行った筈だったが、自身もじっとしていられなくなって、歳三も式台まで出てきたところだった。斎藤一の肩を借りていた二人は、歳三に気づくと、怪我を忘れたように駆けてきた。詳細は役人達の耳に入らぬ方がよいのではないかと、「とにかく上がれ」と言うと、二人は井戸端へ行って、汲み忘れのつるべの水をいきなり足にかけた。氷こそまだはっていないが、皮膚を切り裂くようにつめたい筈であった。が、彼等まで松本良順の世話になることはないだろう。

座敷に入ったとたん、二人は堰を切ったように喋り出した。

若年寄の永井玄蕃頭尚志《ながいげんばのかみなおゆき》に呼ばれ、京の二条城へ出かけた勇は、思いのほかに早く用事が片付いたので、かつて深く馴染んで子までなした女の家をたずねて行った。が、そこを見張られていたらしい。帰り道、伏見街道の藤ノ森へさしかかった時だった。街道沿いの農家から銃声が聞え、勇が右肩を押えて馬の背に伏せた。魁は、咄嗟の機転で馬の尻を思いきり叩いた。馬は狂ったように走り出したが、気丈な勇なら傷に耐え、奉行所まで逃げのびてくれる筈と思ったという。

馬が走り去るのを見て、農家から六、七人の男が飛び出してきた。男達は、斬り合いとなることも予想していたらしく、二人が一組となってかかってくる。首謀者らしい男にかかっていた井上新左衛門が斃《たお》れ、奴《やっこ》の芳介も斬られて息絶えた。

「頭巾をかぶっていたが、奴等には見覚えがある」

と、島田魁が、新選組一の大きな軀をふるわせて言った。

「副長、奴等です。伊東一派の残党です。槍で井上を斃したのは、篠原泰之進《しのはらたいのしん》に間違いありません」

「薩摩屋敷にのりこみましょう、副長。薩摩が奴等をかくまっていることはわかっている。鉄砲を貸したのだって、薩摩にちがいないんだ」

歳三は答えなかった。

伊東甲子太郎は、隊士十五人を率いて新選組と袂をわかち、山陵奉行配下に入った。天皇陵の警護にあたる禁裡御陵衛士《きんりごりょうえじ》となったのである。「大君の大御心《おおみこころ》をやすめずば、身は筑紫路の露と消えまし」と、和歌にたくして勤王の志を静かな口調で説いた甲子太郎の影響は、彼が新選組を去って行ったあともなお隊内に残っていた。勇、歳三をはじめ、おもだった隊士に見廻組の格式をあたえられることになった時、幕府の格式をうけることは、二君に仕えることになると反対をする者があらわれたのだった。

「斬る」

と、歳三は言った。新選組は幕臣として幕府の浪士募集に応じ、京都守護職の下で洛中の治安を守ってきた集団である。帝《みかど》のお膝もとの治安を乱していたのは、間違いなく尊王攘夷派をなのる者達だった。新選組は、帝のおわします京《みやこ》の治安を守ることによって、将軍家への忠義をつくしてきた。が、甲子太郎の説くところは、尊王ではあるが、討幕である。治安を乱そうとする者と、考えを同じくしているのである。薩摩と結び、討幕の計画を話し合っているとの知らせもあった。

勇も、甲子太郎殺害に反対しなかった。甲子太郎に入隊をすすめたのは勇である。勇自身が、血の気の多い隊士達とはちがう甲子太郎の人柄に魅力を感じたようだったが、その人柄がおよぼした隊士達への影響を、歳三以上に感じていたようであった。

歳三と勇は、或る日甲子太郎を酒宴に招き、その帰途を襲った。京都油小路で殺害したのである。その死骸を、同時に斬殺した甲子太郎配下の三人と三日間、路上にさらしておくようなこともした。伏見の薩摩屋敷にかくまわれていた甲子太郎一派の残党は、新選組が伏見奉行所へ入ったと聞いた時から、甲子太郎の仇をとるべく機会を求めていたことだろう。

油断をしていたのだ、俺も近藤さんも。

油断をしていたのはこちらがわるいが、甲子太郎は斬られねばならぬ人間だった。徳川家十五代将軍慶喜は、十月十四日、政権を朝廷へ返上した。尊王攘夷派にそこまで追いつめられたのである。が、今、尊王討幕派はいても、尊王攘夷派はいない。嘉永六年（一八五三）のアメリカ艦隊来航から、夷狄を打ち攘《はら》えと幕府を揺さぶりつづけていた者達は、「夷狄」という言葉を遣ったことすらなかったように、イギリスと手を組んで、敬幕を唱えつづける新選組を、時の流れも物事の順逆《じゅんぎゃく》もわからぬ集団と嘲っているのである。甲子太郎もあきらかにその一人で、歳三は、そういう男を見ると反吐を吐きそうになった。

討幕と言えばひとかどの人間であると思っているような奴等は、この世にいない方がいい。いない方がいいが、今は動けない。今月九日に王政復古の号令が下されて、慶喜はいきりたつ旗本、会津、桑名藩士らを抑え、京の二条城から大坂城へ移った。新選組が伏見へ移ったのも、名目は伏見の警護であった。薩摩と事を起こすわけにはゆかないのである。

歳三は、兼定を握りなおして立ち上がった。

「お供します」

薩摩屋敷へのりこむと勘違いしたのだろう。魁も甚五郎も、斎藤一までが刀を摑んで追ってきた。歳三は、苦笑した。

「総司《そうじ》の部屋へ行くんだよ」

一番隊隊長、沖田《おきた》総司は労咳《ろうがい》をわずらって、伏見へ来る前から床についている。病いが病いなので、誰も近づきたがらないが、歳三は、しばしば総司を見舞いに行く。総司の話相手をしに行くのだった。もっとも、喋るのはもっぱら総司の方で、歳三は、「疲れるから、黙っていろ」と言うだけだった。そう言いながら、総司のお喋りを喜んで聞いているのである。総司に言われるまでもなく、どちらが見舞いにきているのかわからなかった。

「総司にこのことは言うな」

「わかっています。が、篠原はどうするのです。あいつだけは、許せねえ」

「近藤さんが助かりゃいい」

歳三は、廊下へ出た。

「薩摩も長州も、今は図にのっている。が、幕府だっていつまでも黙っちゃいめえ。その時までの辛抱だ」

さすがに斎藤一は、のみこみが早かった。髭だらけの顔に愛嬌のある微笑を浮かべると、どうぞ病室へ行ってくれというように片手を差し出した。明石脱藩と自称しているものの、それがほんとうかどうかわからぬ男だが、腕はたつ。甲子太郎が新選組から脱退した時は、「俺もついて行こう」と荷物をまとめ、歳三のもとへ「隊を結成しようとする時、自分と寸分かわらぬ志の者が集まってくると思うのが、そもそもあやまりなのであります」と、挨拶に来た。その言葉通り、甲子太郎を観察し、行動を報告してきた。風変わりな男だった。

歳三は自室に寄り、行燈《あんどん》に灯をいれて総司の部屋へ持って行った。

総司は、よく眠っていた。寝息はかすかだが、呼吸をするたびに薄い胸が波をうつ。今朝も大量の血を吐いて、ただでさえ細面の頬がさらにこけ、目のまわりに黒い隈ができていた。

「江戸へ帰《けえ》してやりてえが」

江戸へ帰してやれば、総司は、唯一の肉親である姉のみつに面倒をみてもらうことになる。総司のこの姿を見れば、みつは、歳三や勇と喧嘩をしてでも弟をひきとるだろうが、総司は勇のそばを離れない。両親を早く亡くし、商家へ養子に出されていたこともある総司は、勇を父のように慕っている。甘えはしないが、二言めには「近藤さんが」と言う信頼のおき方は、ふと妬ましくなるほどだった。

総司も病いでは逝きたくないだろう。薩摩、長州の横暴を許しておけるわけがなく、いずれ戦さがはじまる。新選組を指揮する勇のかたわらに、総司は立っていたい筈だ。

「癒《なお》してやりてえがなあ」

わずかに躯をうごかした総司の寝顔を、歳三は注意深くのぞきこみ、苦しそうな表情のないのを確かめてから壁に寄りかかった。もうしばらく、そばにいてやるつもりだった。


奥医師の松本良順が医生を一人連れて到着したのは、その翌日の夕暮れであった。慶喜は、勇の負傷を耳にするとすぐ、良順に行ってやれと言ったという。慶喜のその好意が、よほど嬉しかったのだろう。

勇は傷の痛みをこらえて起き上がり、大坂の方角に向かって深々と頭を下げた。

「もう癒ったような気がするよ」

熱のせいばかりではなく、上気した顔で歳三に言う。

「歳さん。わしは、やっぱり名医だろう。わしの顔を見ただけで、病人は癒ったと言っている」

良順は、笑いながら医生と山崎烝に手伝わせて、勇の衣服を脱がせた。肩に入っている弾を摘出するらしい。目をそむけまいとしたが、いつのまにか歳三は下を向いていた。長い治療だった。その間、歳三は自分の右肩が痛むような気がした。

「歳さん」

治療を終えた良順が呼んでいる。勇は、青い顔で目を閉じていた。良順は、向こうへ行こうというようにあごをしゃくって、次の間への唐紙を開けた。

「いつ戦さが起こるかしれぬご時世だ。怪我をしていても、局長がここにいた方がいいかえ？」

「いいえ。大丈夫です」

即座に歳三は答えた。良順の言いたいことは見当がついた。慶喜の侍医である良順が、幾日も慶喜のそばを離れていられるわけがない。が、良順は、医者として勇の容態も気になるのだろう。

「近藤を大坂へ連れて行っていただけるのなら、何よりです」

「それから、もう一人、あの若いのも連れて行くよ」

良順は、声をひそめた。

「沖田総司といったな。歳さんがついていながら、なぜ、あんなになるまで放っておいたのだ。はっきり言わせてもらうが、もう手遅れかもしれない」

「まさか」

「戦さは武士、病いは医者だよ、歳さん。一言《ひとこと》、知らせてくれれば、大坂で養生させたのに」

歳三は、驚いて良順を見た。大坂城には、前将軍慶喜もいれば、もと京都守護職の会津藩主、松平容保もいる。いくらそこに良順がいるとわかっていても、労咳を病んでいる隊士を送りたいとは考えもしなかった。が、良順は、特徴のある大きな目で歳三を見返した。

「大坂城は、だだっ広《ぴろ》い。空いている部屋など、いくらもあらあな」

良順は、隊士二人を供にして、一足先に大坂へ戻った。勇と総司は、その翌日、医生と山崎につきそわれて伏見を発った。すぐに癒ると強情を張っていた総司も、勇が大坂へ行くと聞いて、素直に舟に乗った。近藤さんの看病をすると、はしゃいでいた。

山崎が帰ってきたのは、その二日後のことだった。勇の腕は、一月《ひとつき》ほどたてば動かせるようになるだろうと、良順が言っていたという。ですが――と、山崎は、そこで口ごもった。

総司の命は長くないと、良順は山崎にまで打明けたというのである。

「皆、それとなく大坂へ会いにこいということなのでしょうか」と山崎は言い、歳三が黙っていると、ふところから書きつけを出した。

「忘れないように、良順先生のお話を書きとめておいたものですから、読みにくいかもしれませんが。前の将軍家が、京の政府の重要なお一人として、ご出仕なさるかもしれないそうです」

慶喜が、王政復古後の政府に登用されるかもしれないというのである。よい知らせであった。朝廷も、今の世の中を治めるには、薩摩や長州より徳川の力が必要だと気づいたのだろう。

薩摩屋敷へのりこまずにいてよかったと思った。慶喜が登用され、薩摩藩が隅に追いやられれば、近藤勇の敵を討つ機もできるかもしれぬ。歳三は、詳しいことを知ろうと、山崎の書きつけに手を伸ばした。

近藤勇の道場、試衛館《しえいかん》には、歳三や総司のほか、津藩主の落胤《らくいん》といわれていた藤堂平助《とうどうへいすけ》、仙台脱藩の山南敬助《やまなみけいすけ》、松前脱藩の永倉新八、もとは中間であったという原田左之助《はらださのすけ》らが、ほとんど食客のように集まっていた。当時、歳三は二十七歳、総司二十歳、勇も二十八歳と皆若かった。年嵩《としかさ》の山南敬助でさえ二十九歳で、酒が入れば世の動きについて、声高に議論していたものだった。昨日と同じ主張でも、常に新しく思えたのはなぜだったのだろう。そして、政《まつ》り事《ごと》の中心にいる将軍の助になるものならばと、幕府の浪士募集に応じて上洛した。文久三年（一八六三）二月のことだった。

嘉永六年（一八五三）にマシュウ・ペリー率いる四隻のアメリカ船が来航、翌年、幕府は日米和親条約を締結し、下田、箱館の二港を開いた。さらに安政三年（一八五六）、アメリカ領事のタウンゼント・ハリスが下田に上陸、すでに開港を決意していたという幕府目付、岩《いわ》瀬《せ》忠震《ただなり》らの努力と大老井伊《いい》直弼《なおすけ》の独断によって、日米修好通商条約が結ばれた。この頃の歳三には、幕府の決断を肯定する気持も批難する気持もなかった。が、これを幕府の失政とする声は日に日に高まって、京の混乱は手がつけられぬほどになった。公卿の中山忠能《なかやまただやす》が嘆息しているように、勤王を名として暮らす『浮浪烏合《うごう》の者で勤王問屋といわれている』男達も少なくなかったからである。勤王問屋と呼ばれた者達は、幕府寄りと思われていた公卿の屋敷に出入りしていた百姓の命を奪うようなこともしていたのである。

幕府は、京都所司代の上に守護職を置き、これに会津藩主、松平容保を任命した。それでも、京の都は鎮まらない。そんな時に、十四代将軍徳川家茂《とくがわいえもち》が上洛することになった。浪士募集は、家茂警護のためのものであった。出羽庄内藩の浪士、清河八郎の献策で、幕府は、浪士で浪士を取締まるという策に飛びついたのだった。

上洛後の清河は尊攘派の浪士であることを表明する。幕府の力を借りておきながら、幕府の禄は食《は》まぬ、朝廷のために働きたいと申し出たのである。歳三の最も嫌いな男であった。幕府の禄は食まぬと言いながら、幕府の力を借りるとは何事か。江戸へ帰った清河が、見廻組の佐々木只三郎に斬殺されたのも当然であった。

その後、勇、歳三らは新選組を結成、松平容保のお預かりとなった。新選組が京を騒がせなかったとは言わない。元治元年（一八六四）六月の、池田屋騒動もその一つだった。尊攘派浪士に不穏な動きがあるとの情報を得た新選組が、二手に分かれて京の町を駆けまわり、居所をつきとめたあの事件である。勇は沖田総司、永倉新八ら、わずか四人の手勢をひきつれて、浪士数十人が集まる池田屋へ斬り込んだ。この時に、当時の尊攘派を引張っていた宮部鼎蔵《みやべていぞう》、吉田稔麿《よしだとしまろ》、北添佶麿《きたぞえよしまろ》らが命を落とした。新選組が人殺しの集団と呼ばれるようになったはじめの事件であり、律儀な勇は気にしているようでもあったが、歳三は鼻先で笑っていた。風の強い日に火を放ち、帝を京からお移ししようと計画していた彼等を斬るのは、治安をあずかる者の役目ではないかと思うのだ。

伊東甲子太郎の入隊は、この年のことだった。甲子太郎に傾倒した山南敬助は、歳三と争って脱走した。新選組は脱走を許さない。捕えられた山南は切腹を命じられ、総司が介錯《かいしゃく》をした。あの総司が数日の間、歳三は無論のこと、勇にすら口をきかなかったのは、試衛館時代からの仲間を介錯することによほど抵抗があったのだろう。山南が望んだことだと言っても、総司は返事もせずに俯いていた。

だが、新選組を結成したからには、試衛館の仲間どうしではいられない。同じ仲間であった藤堂平助も甲子太郎に心を寄せ、御陵衛士となって、油小路で一生を終えた。山南、藤堂らもまた、試衛館の仲間ではいられなかったのである。

その間に世の中も変わった。文久三年八月十八日の政変で京を追われ、翌元治元年七月十九日の蛤御門の変で敗れた長州が、慶応二年

（一八六六）一月、薩摩と同盟を結んだのである。薩摩藩は、蛤御門の変の時、幕府方として会津藩と御所《ごしょ》を守り、長州藩を撃退した藩であった。その藩が、長州と討幕を誓い合ったのである。薩摩にも言い分はあるのだろうが、歳三から見れば裏切りであった。

しかも、二度目の長州征伐の兵を出した将軍家茂がそのさなかに逝き、攘夷佐幕派であられた孝明天皇も亡くなられた。十五歳の明治天皇が即位され、薩摩の同盟には芸州藩が加わって、今年慶応三年十月、薩摩と長州に討幕の密勅がおりた。幕府でもこの動きを事前に察知、家茂の死後数ヵ月をおいて十五代将軍となった徳川慶喜は、先手をうって政権の返上、大政奉還を願い出た。すぐに認められて、慶喜はさらに将軍職も辞退する。してやったりと、討幕派は思ったことだろう。

が、事態は意外な方向に進みはじめた。長い間政治からはなれていた公家達は、世の中を治める力を失い、術《すべ》を忘れていたのである。政権を握ったことのない薩摩、長州藩に、その力のあるわけがない。公家にとっては、朝廷の補佐となる武家が、薩摩であろうと徳川であろうと変わりはない。治めきれないとわかれば、つい先頃まで政権を握っていた慶喜を頼りにするのは当然だろう。大坂城にいる慶喜も、京へ戻ることを考えはじめていたようだった。その矢先の十二月二十八日に、江戸からとんでもない知らせが届いた。

以前から関東の常陸《ひたち》や下野《しもつけ》では、暴動や一揆などがあいついで起こっていたが、それらは討幕派浪士の煽動によるものが多かった。ことに薩摩藩邸には多数の浪士がかかえ込まれていて、その浪士達が江戸市中でも乱暴を働きはじめたのである。押込《おしこみ》、放火、強姦、殺人、手段を選ばない。しかも、乱暴狼藉《ろうぜき》を働いた者は、これみよがしに三田の薩摩藩邸へ逃げ込んで行く。あげく、江戸市中見廻りをつとめる庄内藩の屯所へ鉄砲が撃ち込まれたという。

たまりかねた幕府は、庄内藩に命じて薩摩藩邸にひそむ浪士達の逮捕に向かわせた。浪士達は逃げた。首魁の男も、薩摩の軍艦に逃げ込んだ。庄内藩士によれば、この時、浪士達が藩邸に火を放ったという。浪士や薩摩藩士は、庄内藩が火をつけたと言っているにちがいない。

いずれにしても、薩邸が焼けた原因は、浪士達の人間とは思えぬ乱暴であり、庄内藩屯所への発砲である。大坂城内は、薩摩討つべしの声であふれた。この声を抑える力は、慶喜になかった。というより、慶喜自身、この機会に薩摩を押えようと考えたのかもしれない。政権を返上したとはいえ、慶喜の頭のなかには、西郷も大久保もたかが陪臣《ばいしん》という意識が残っていた筈であった。慶喜は、討薩の許可を朝廷へ願い出ることを決めた。

明けて慶応四年一月二日、幕府軍は討薩表をかかげて大坂を発った。この動きが薩摩に知れないわけがない。三日朝、鳥羽口には薩摩兵のほか、彦根、西大路の藩兵を向かわせ、伏見には、薩摩、長州、土佐の兵を出した。

歳三は、奉行所の門をわずかに開けさせて、薩摩兵達が配置につくのを見た。

「何だ、あれは」

歳三は、うしろにいた永倉新八と斎藤一をふりかえった。新八も斎藤も、呆気にとられたような顔をして門の外を眺めていた。

薩摩との戦さにそなえ、歳三達は胴丸《どうまる》をつけている。昨日、二日の夜に大坂から伏見に到着して、奉行所の西隣りにある本願寺太子堂に入った会津藩士の中には、先祖伝来のものと思われる大鎧をつけた者もいた。が、薩摩兵達の恰好は、筒袖のような黒い服を着てだんぶくろと呼ばれている黒のズボンをはき、陣笠をかぶった身軽なものだった。しかも、その黒服とだんぶくろが身についていた。薩英戦争に敗れてのち、イギリスと手を結ぶようになった薩摩藩にイギリス風の訓練をうけた兵がいてもおかしくはないのだが、フランス将校の訓練をうけた幕府の伝習隊は、寸法の合わぬ服に今でも苦労している。奉行所に配属された伝習隊の兵士は、ズボンが歩きにくくてならぬとこぼしていた。

薩摩兵は、軽快な足どりで通り過ぎ、町屋の路地を次々に埋めていった。とても歩きにくいとは思えなかった。その上、一人一人が銃を持っているのである。歳三は、あらためて新八と斎藤を見た。髭面に胴丸、それに奉行所の頑丈な塀のとりあわせは、これ以上ないほどに似合っていたが、薩兵の洋服を見た目で眺めると、やはり時代に遅れてしまったような気がする。

「ついこの間まで、攘夷、攘夷と騒いでいたのは、どこの藩だったっけ」

「まったくです」

「変わり身の早《はえ》え奴にはかなわねえ。俺達も、鉄砲を持っている方がいいかもしれねえぜ」

「大丈夫ですよ」

新八は、こともなげに言った。

「いくら鉄砲を持っていたって、路地へ斬り込めばこっちの勝ちだ。いくらでも戦いようがあります」

新八は胸を叩いたが、彼の言うようにはならなかった。

一月三日の夕暮、伏見では、鳥羽街道から聞えてきた銃声で戦端がひらかれた。鳥羽街道を京へ向かっていた幕軍が、土佐藩兵四小隊を含む薩摩藩兵に遮られたのである。まだ薩軍である筈の藩兵に幕軍をとどめる権限はない筈だが、幕軍は足をとめて押問答をした。これが勢いというものなのだろう。

この時の事情を、歳三はまだ知らない。が、鳥羽街道が戦場となったことはわかった。薩軍の大砲が火を噴《ふ》いた。

「今だ、行け」

大砲に弾をこめていると見て、陸軍奉行竹中重固《たけなかしげかた》が叫ぶ。新選組は、歳三を先頭にして飛び出した。斬り込み隊である。向かいの町屋の路地から鉄砲が乱射され、数人の隊士がつづけざまに斃れた。

「伏せろ」

歳三も地に這った。その頭の上を弾丸がかすめてゆく。敵陣に斬り込めばいい。斬り込めば、負けはしない。が、それができないのである。鉄砲の攻撃は予想していたが、歳三の頭の中にあったのは、撃てば弾込めに引き下がる鉄砲隊だった。が、イギリス兵に鍛えられたらしい薩兵の撃ち出す弾はとぎれることがない。

向かいの路地はまだ火を噴きつづけている。幾発もの弾が目の前の土を削り、頭上を通り過ぎた。耐えきれずに奉行所へ逃げ込もうとしたのだろう。立ち上がった隊士が、独楽《こま》のようにまわって斃れた。

歳三は、後退を命じた。隊士達は、這ったままで後退をはじめた。

その直後だった。すぐうしろから、しゃくりあげるような短いうめき声が聞えた。ふりかえると、井上源三郎が血のにじむ脇腹を押え、それでも這って行こうとするように地を足で蹴っていた。

思わず立ち上がろうとした歳三の横を、弾がうなりをあげて飛んでいった。歳三は、源三郎の上に重なって周囲を見廻した。奉行所の門はまだ遠い。近いのは、奉行所と太子堂の間にある小道であった。源三郎だけは助けたかった。尊攘派から蛇蠍《だかつ》のごとく嫌われた新選組だが、源三郎は、蛇でも蠍《さそり》でもない。薩兵の中を探しても、長州兵の中へもぐり込んでも、彼ほど春めいた時の土のにおいが似合う男はいないだろう。武州多摩郡《たまごおり》の日野宿に生れた彼は、試衛館の流儀、天然理心流の仲間から離れたくなくて京へ出てきたのだった。歳三や勇の知り合いでなければ、日野でのんびりと暮らしていたにちがいないのである。

源三郎をひきずっては地に伏せている歳三を、小道からのびてきた手が懸命に引っ張った。先に小道へ逃げ込んでいた島田魁と、蟻通勘《ありどおしかん》吾《ご》の手であった。歳三と源三郎が小道に入ると、両側の塀で弾がはじけた。

「太子堂へ入りましょう。ここからなら、太子堂の入口の方が近いです」

「だが、長州軍の真前を通ることになる」

「俺を置いてゆけ」

あえぎながら、源三郎が言った。歳三は、答えるかわりに源三郎を背負った。

「太子堂の裏を通って西へ出よう」

奉行所の東側にひろがる畑地は薩軍陣地となっている。が、太子堂の西側は町屋だった。住人はとうに逃げている。真先に町屋の路地へ駆け込んだ大男の島田は、家の裏口の戸を難なく叩き毀《こわ》した。

土間に犬張子《いぬはりこ》が落ちていた。座敷に上がって、敷かれたままになっていた子供の布団に源三郎を横たえる。戸棚の晒布《さらし》を見つけ、勇の手当てをした山崎烝の手順を思い出しながら源三郎の傷に巻いた。

鬨《とき》の声があがった。太子堂に陣取っている会津兵が、二度目の突撃を開始したようだった。歳三は、窓へ走った。障子を細く開け、真正面となった向い側の路地を見る。銃が重なりあっていた。膝をついて鉄砲を構えている者が二列、そしてさらに二列、立って銃を構えている者がいるのである。しかもそのうしろに、いつでも交替できるように、弾をこめた銃を持って待機している者がいた。弾のとぎれる時がないわけであった。

その銃が次々と火を吐いて、薩兵の姿が硝煙の向うにかすんだ。会津兵達は折り重なって斃れ、死体を越えて突き進んで行った者も、路地の入口ではじかれたように斃れた。

「副長、この家のすぐ近くから火が出ました。堀川の近くも燃えているようです」

物干台に上がって行った魁の声だった。

「風は」

「今のところ、北東から吹いています。奉行所は、辛うじて風上になります」

風上ではあっても、日は暮れかけている。燃えひろがる火は、奉行所や太子堂側の動きを明るく照らし出してしまうだろう。

火を消すための水は、川にたんとあるが……。

ふと、艪《ろ》のきしむ音が頭の中に響いた。歳三は、裏口から外に出た。

薄闇の中を、いつもは三十石舟で賑わう宇治川の支流が、静かに流れていた。今のうちなら薄闇にまぎれ、小舟の一艘くらい出すことができるにちがいない。

歳三は、島田魁を呼んだ。

「お前《めえ》、奉行所の塀を乗り越えて、中に入《へえ》ることができるか」

「やってみます」

「では頼む。永倉と斎藤に伝えてくれ。俺は、寺田屋河岸の先まで舟で行って、大きく迂回して薩軍のうしろにまわる」

「お一人でですか」

「勘吾がいる」

「待って下さい。わたしも行きます」

「だめだ。奉行所へ行ってくれ」

「おことわりします」

魁は、新選組一の大きな軀で歳三に詰め寄った。

「塀を乗り越えるのは、身軽な勘吾さんの方がいい。力の強いわたしは、井上さんを背負って行きます」

「だめだ」

歳三は素気《そっけ》なく言った。

「舟で薩軍のうしろへまわるんだぜ。お前《めえ》のでかい軀は舟からはみ出して、薩軍に見えちまう」

魁は口を閉じた。

「永倉に言ってくれ。俺は、薩軍の一番西側の陣に飛び込む」

「西側、一番西側ですね」

「それと、もう一つ。源さんをここに置いて行く。山崎烝をここへ連れてきて、傷の手当てをしてもらってくれ」

「承知しました」

魁が、源三郎のまわりへ畳の楯《たて》をつくった。歳三はふと気がついて、土間に落ちていた犬張子を拾い、畳の楯前に置いた。男の子の玩具なら、男の源三郎の守り神にもなってくれるだろう。

勘吾を連れて裏口を出た。河原へ降りる。今日の風はつめたいのだとわかった。薄闇を透かして見ると、奉行所の裏あたりに、役人が使っていたらしい二艘の高瀬舟がつながれていた。

「待っていろ」

言い捨てて、歳三は河原を走った。艫綱《ともづな》をといて、舟を川へ押し出した。武州多摩郡の、多摩川と浅川にはさまれた石田村に生れ育った歳三は、艪《ろ》も竿も子供の頃からあやつっている。舟を漕いで町家の裏へ戻ると、勘吾は枯葦の中に蹲っていた。顔色が蒼かった。

寒かったのではあるまいと、歳三は苦笑した。かつて新選組が、池田屋に集まった尊攘派浪士を襲った時も、表の見張りを言いつけられた勘吾は、刀の柄《つか》にかけていた手が動かなくなるほど緊張して立っていたという。怖かったのだと、あとで仲のよい隊士に打ち明けたそうだ。浪士が斬りかかってきたら抜き合わせることもできなかったかもしれない。

闇が濃くなった。歳三は勘吾を乗せ、たくみに竿をあやつった。川岸には誰もいない。京橋を通り過ぎてから舟を乗り捨てた。そのあたりは、あちこちからあがった火の手で明るかった。歳三は走った。敵陣側の町家の軒下にある闇が軀をつつんでくれた。

「勘吾。いるか」

返事のかわりに、物のころがる音が聞えてきた。緊張しきった勘吾の足が、たてかけてあった桶か盥《たらい》を蹴ったらしい。

「気をつけろ」

歳三は、兼定を抜き放った。舟を捨てた時の緊張感が消えて、気持が透きとおってきた。敵に近づいてきた証拠だった。

「行くぞ」

勘吾の返事はかすれている。歳三は、全身を目と耳にして走り出した。銃声が聞えた。自分達を狙ったものかどうかはわからなかった。歳三は、戸を蹴破って町家へ入った。勘吾の気配がつづいてきた。人けもなく、真暗なその家を駆け抜けて、次の家に入る。おそらくはまだ長州陣内だろう、銃声が家の両側から聞えてきた。

人の気配がした。歳三は、息を殺して蹲った。二、三人の兵が、楯にする畳を取りに来たらしい。言葉の訛りは長州だった。おそらく「我が軍の勝利」と言っているのだろう、歳三と勘吾には気づかずに畳を上げ、次々に持ち出して行った。

歳三は、さらに東へ動いた。松明《たいまつ》の火が見えた。松明をもっている兵の陣笠には、丸に十の字が書かれていた。薩兵であった。

「ここだ」

かすれた声の返事があった。歳三は、兼定を握りしめた。気配は消していたつもりだったが、松明の兵がふりかえった。

「どげんした」

「人がおる」

銃ではなく、松明の差し出されたのが幸いだった。歳三は地を蹴った。松明の兵は声もなく斃れ、隣りにいた兵も、銃を向けることもなくのけぞった。

「何じゃ。どげんしたと」

路地にいた兵がいっせいにふりかえる。歳三は、ふたたび地を蹴って走った。地面に転がった松明が、歳三の姿を黒々と浮かび上がらせた。

「幕兵だ」

銃が火を噴いた。窓から町家へ飛び込んだ歳三の足に、鋭い痛みが走った。弾がふくらはぎをかすめたらしい。歳三は土間に降り、壁に軀を貼りつけた。新八はまだこない。戸が蹴破られて、薩兵が入ってきた。ひとりでに軀が動いた。鉄砲を使わせるなという声が頭の中に響いていたが、それも聞えなくなった。我に返ったのは、握っている兼定の柄《つか》が、薩兵の血で滑った時だった。

鬨《とき》の声が聞えた。突っ込め、死んでも突っ込め――と、新八が叫んでいる。歳三の前を、人が駆けて行った。薩兵が逃げたのだった。歳三は、松明の燃えつづけている路地へ出て、落ちている銃を拾った。逃げてゆく足音に向かって引金をひく。思いがけぬ激しい衝撃があった。弾は闇を裂いて飛んでいった。路地の奥から薩兵の斃れる重苦しい音が聞え、その時、雨が降り出してきた。

戦さは幕府軍の完敗だった。薩長軍の銃砲に手をやいた上、翌一月四日、予想もしていなかったことが起こったのである。薩長軍が、色鮮やかな真紅の旗をかかげたのだ。錦《にしき》の御旗《みはた》であると薩長軍は言い、幕軍もそう思った。公卿の岩倉具視《いわくらともみ》、薩摩の西郷吉之助、大久保一蔵（のちの利通）らが、かねての計画通り、仁和寺宮《にんなじのみや》を征夷大将軍として、錦旗、節刀を賜ってのご出陣を願ったのだった。

幕軍は、錦の御旗に目を疑った。幕軍は、薩摩討伐の軍勢として出陣したのである。が、真紅の旗をかかげられた瞬間に、討伐される筈の薩軍が官軍となり、討伐軍――幕軍は賊軍《ぞくぐん》となったのだった。

なぜだ。

答えられる者はいなかった。将も兵もうろたえるだけだった。そして、それ以上に戦場近くの諸藩が動揺した。

まず、淀藩が、淀城に拠《よ》って薩長軍の進撃をくいとめたい幕軍の入城を拒んだ。淀藩稲葉家は、譜代《ふだい》の大名である。それも、三代将軍家光の乳母、春日局につながる家である。当主の正邦は老中の座にあって、江戸城にいた。昨年暮には幕閣の一人として、薩摩藩に浪士の引渡しを要求していた筈であった。誰が考えても、入城を断わられるわけがなかった。

その翌日は山崎の関門を守っていた津藩の兵が、淀川対岸の八幡《やはた》と橋本《はしもと》に陣を敷いた幕軍に砲弾を浴びせてきた。津の藩兵は幕軍として出陣していたのであり、幕軍の陣形は、淀川方面に無防備となっていた。前日に勅使が津藩の本営を訪れ、津藩はその説得に応じたのだとはあとでわかったことだが、味方と信じきっていた兵達からの攻撃である。これほどの裏切りはないだろう。が、兵をまとめて津藩の本営に斬り込む気力は幕軍になかった。次はどの藩が裏切るのかと、浮足立つばかりだった。幕府軍は、大坂城に向かってひたすら敗走した。

津藩の撃ち込んだ大砲の弾が民家にあたって炸裂《さくれつ》し、橋本の陣地は火の海となっていた。歳三は、ちりぢりになった隊士をまとめようと、火の中を駆けまわっていた。それを、逃げおくれた幕軍兵士が敵と勘違いしたらしい。悲鳴のような気合いをかけて斬りかかってきたが、歳三が横に飛んではずすとそのまま駆けて行った。

「副長。ご無事ですか、副長」

煙の中から声がした。二番隊を率いて、八幡台地の守りについていた永倉新八の声だった。

「ここだ。ここにいる」

目の前の民家が燃え落ちた。新八の上に落ちたのではないかと思ったが、すさまじい煙の向うから、新八の声が聞えてきた。

「副長、退却しましょう。八幡台地も薩長兵でいっぱいです。このままでは退路を断たれます」

「わかった」

が、淀藩につづいて津藩に裏切られた幕府軍は、あとのことを考える余裕もなしに逃げている。勢いにのった薩長軍が追撃にうつったら、ひとたまりもないだろう。

「では、どうします?」

百五十人ほどいた隊士は、半分に減っている。歳三は、永倉新八と斎藤一にそれぞれ二十人ずつをあずけて、橋本の宿《しゅく》を出た。宿場を出れば、一面の枯芒《かれすすき》だった。夕陽と燃えさかる火の明りを浴びて、赤く染まっている。歳三は、永倉隊と斎藤隊をその中にひそませた。

喇叭《らっぱ》の音が聞えた。橋本宿《はしもとじゅく》へ、薩軍がなだれこんできたようだった。歳三は、四十人ほどの手勢に退却を命じた。橋本宿を駆け抜けた薩軍が、喇叭を吹き鳴らして追撃に移った。射程距離に入ったと見たのだろう、兵達が銃を構えた。物音が消え、歳三は、のぞきからくりを見ているような錯覚に陥った。風が、赤く染まっている枯芒を揺すって通り過ぎた。

怒号が聞えた。永倉隊が、薩軍の横をついたのだった。後続の薩軍が、永倉隊に銃を向ける。ふたたびすさまじい怒号が聞え、斎藤隊が後続の薩軍に襲いかかった。

「斬れ。叩っ斬れ」

歳三は夢中で駆けた。駆けながら斬った。目の前にあらわれる敵兵の姿は、次々に倒れて消えてゆき、気がつくと、芒《すすき》の原の中にいた。

深追いをし過ぎたか。

引き返そうとした目の端に、芒の揺れ動くのが映った。風はやんでいる。無意識のうちに手が動いた。小刀の飛んでいったあたりから、低いうめき声が聞えてきた。

歳三は、用心深く芒をかきわけた。黒いシャツとズボンの兵が、膝をついて銃をかまえていた。その太腿のあたりから、血が流れている。なかば銃に隠れている兵の顔は、ここ二十日あまり、頭にこびりついて離れぬそれであった。

「篠原――」

男は、唇を歪めて笑った。勇を撃った伊東一派の生き残り、篠原泰之進だった。

「叩っ斬ってやる」

泰之進の銃が、歳三の胸を狙った。

「動くな。貴様が剣術の達人であっても、俺は貴様の刀がふりおろされる前に引金をひく」

「引金をひく前に俺が斬る」

「俺が撃つ」

泰之進は引金に指をかけた。

「俺は、近藤より貴様を撃ちたかった」

歳三は、黙って足をすすめた。煙のまじる風が、また芒を騒がせて通り過ぎた。

「動くな。貴様こそ、伊東さんの仇だ」

歳三は少しずつ泰之進の横へまわろうとし、それにつれて泰之進の銃が動いた。

「少なくとも、近藤には攘夷の志があった。が、貴様には何もない。貴様にあるのは新選組だけだ」

否定するつもりはなかった。水戸学を信奉していた勇は、攘夷のために働きたいと言っていた。京の市中取締りという役目に、不満を洩らしていたこともある。が、歳三は、攘夷にこだわる気持はなかった。むしろ攘夷を口実に、罪もない百姓の命を奪って快哉を叫ぶ男達に憎しみも嫌悪も感じていた。その意味で、市中取締りという役目が嫌いではなかったし、その役目につける新選組が好きだった。

「死ね。新選組の男」

「手前《てめえ》だってそうだ」

「何だと」

「手前だって、新選組の篠原でなけりゃ、薩摩を頼っていったところで火付けや押込強盗をさせられていたぜ」

「黙れ」

「新選組の篠原だったから、ちやほやされたのだ」

「死ね」

泰之進が叫び、銃の筒先が揺れた。歳三は地を蹴った。左手の鞘で筒先をはねあげ、兼定をふりおろす。泰之進は、転がりながら引金をひいた。弾は、歳三の頬をかすめて飛んでいった。

「繰返すが、貴様には何もない。貴様には大局を見る目がない。ただの人斬りだ」

ふたたびふりおろした兼定もわずかに届かず、泰之進の目が微妙に動いた。歳三は、ふりむきざまに、兼定を横にはらった。ゲベール銃をふりかぶっていた薩兵が、すさまじい悲鳴をあげてのけぞった。

脛に痛みが走る。泰之進が銃を投げつけたのだった。怪我をしているとは思えない早さで、泰之進が逃げて行く。薩軍も新選組にかきまわされた態勢をたてなおそうとするのか、退却をはじめていた。

大坂城の広間には、異様なにおいがたちこめていた。幕府、会津桑名両藩のおもだった者、それに遊撃隊、新選組など諸隊の隊長が集まり、この後の方針を討議することになって、引き上げてきたばかりの男達が戦場のにおいをそのまま持ち込んだのだった。歳三も、広間の隅にいた。三日の夕刻から四日間にわたる戦闘で、歳三の軀にも、血と汗のにおいがしみついている。

前将軍慶喜は、まだ出座していない。が、とにもかくにも慶喜のいる天下の名城に辿りつくことができたせいだろう、諸将は退却をつづけていた時のうろたえた表情を忘れ、この城に拠《よ》っての一戦で、どちらが朝敵か思い知らせてやろうと、興奮した口振りで話し合っていた。

今更何を言っているのかと、歳三は思った。もう少し早く、そこに気づいてくれればよかったのだ。我々は朝敵ではないとの信念があれば、今頃は薩長の手から錦旗を奪い取り、帝にお返し申し上げていたのだ。篠原泰之進は、勇暗殺をはかった賊徒となる。

「あの野郎、俺をただの人斬りだとぬかしゃがった」

どこで聞きかじってきたのか、大局を見る目がないともわめいていた。が、大局を見る目とは、いったいどんな目をいうのだ。ペリーの来航以来、足もとのふらついた徳川幕府を、今こそ倒す時と見る目なのか。大局が見えるとは、その幕府に決定的な打撃をあたえるため、討薩表をかかげて京へ向かう大目付の行列へ発砲することなのか。

薩摩藩は、戦さを起こさねばならなかった。戦さを起こさねば、錦旗をかかげて官軍をなのることができなかったからだ。官軍をなのれば、朝敵や賊徒の名をおそれて、徳川から離れようとする者も出る。すでに淀藩と津藩が寝返った。ただでさえ足もとのあやうい幕府は、支えてくれる者を次々に失って倒壊する。

歳三は、口許に薄い笑いを浮かべた。大局の何のというのは、相手の弱みにつけこんで天下をとろうとする、その言訳じゃねえか。その上、手前《てめえ》らばかりが勤王のような顔をしているが、帝のおわします京の治安を守っていたのが新選組だ。さんざん京を騒がせておいて、そんなこたあしたことのねえような顔をしている手前《てめえ》らとはわけがちがう。新選組だけしか知らぬ男で結構。大局の見えぬ男で結構。俺は、妙な言訳などせずに薩長と戦ってやる。

かすかな香りが漂った。よい匂いだったが、女達が袂にたきしめる香《こう》とはまったく異質のものだった。歳三は顔を上げた。遅れて広間に入ってきた二人の男が、歳三の隣りに腰をおろそうとしているところだった。かすかな匂いは、向う側の男から漂ってきたらしい。

目も鼻も口も大きい、日本人離れのした顔立ちの男で、これも日本人離れのした口髭をはやしている。黒いラシャで仕立てた長目の上着がよく似合っていた。天保山沖に停泊中の、軍艦に乗り組んでいる男にちがいなかった。

そう言やあ、三日の夜、海軍は薩摩の軍艦をやっつけたというが。四年半のオランダ留学から帰って軍艦頭《ぐんかんがしら》となった榎本和泉守武揚《えのもといずみのかみたけあき》が乗っている開陽丸は、薩摩の軍艦が避けて逃げようとしたほど、すぐれた機能をもっているらしい。よい匂いの男は、歳三の視線に気づくと、人なつこい微笑を浮かべて会釈をした。歳三も、つられて会釈を返した。

「お知り合いか」

間にいた男が言った。向う側の男は、平然とかぶりを振った。

「ここにお集まりの方は、皆、味方となる方達ですから」

そうでしょう？　と歳三に言う。

「軍艦頭の、榎本和泉守です」

「あなたが」

どう挨拶をすればよいのか、わからなかった。歳三は、まぶしそうに目をしばたたいた。フロックコート風の仕立てのよい上着に口髭、それに白いシャツにしみこませているらしい香りが、これほど板についている男もめずらしかった。

「失礼ですが、あなたは？」

「申し遅れました。新選組の土方歳三です」

「あなたが」

同じ言葉を武揚が口にした。大きな目が歳三を見つめ、それから、嬉しそうな笑いが頬にひろがった。

「お目にかかれて光栄です」

武揚は手を差し出した。同じようにするのを待っているように思えて、歳三も遠慮がちに手を出した。武揚は、その手を強く握って振った。留学中に身についたしぐさのようだった。

「おい」

間にいた男が、武揚の脇腹を突ついた。口のきき方からみて、この男が武揚の上司である軍艦奉行並の矢田堀鴻《やだぼりこう》らしい。慶喜の出座だった。広間に集まっていた者は、居ずまいを正して平伏した。

人々の目に映った慶喜は、落着かぬようすだった。こうしている間にも、錦の御旗を押したてた薩長軍が大坂城へ向かっているのだと、気が気ではないのかもしれなかった。

が、広間に集まった者は、口を揃えて慶喜の出馬を乞うた。淀藩と津藩の裏切りで、おとろえきっている兵の士気をたかめるには、慶喜が先頭にたって戦うよりほかはないのである。

「わかった」

慶喜はうなずいた。

「よし、是よりすぐに出馬せん。皆々用意せよ」

広間がどよめいた。将軍の采配のもとで戦えるとは生涯の喜び、泉下の先祖に自慢ができると、涙ぐむ者さえいた。慶喜は、黙って家臣達を見まわして足早に広間を出て行った。

「ずいぶんと、あっさりしたお方だな」

榎本武揚が呟いた。矢田堀鴻が周囲を気にして武揚に目配せをしたが、歳三も同感だった。慶喜は、薩邸事件以前から薩摩討つべしといきりたつ会津藩士や桑名藩士、それに江戸から京へ出向いた旗本達を、懸命に宥めていたのである。広間に集まっていた者のほとんどが抗戦をとなえている上に、水戸徳川家の出身で尊王の気持の強い慶喜が、錦の御旗を薩長軍がかかげたことに強い不満を持ったのかもしれないが、あまりにも簡単に出馬を承知したように思えた。こののちの戦さについての見通しを、陸軍や海軍の奉行から聞こうとも思わなかったのだろうか。

広間はざわめいている。皆、慶喜が出馬すると意気込んでいるのだった。

「土方さん。また、お目にかかりましょう」

と言って、武揚が立ち上がった。

「近いうちに、必ず」

歳三も立ち上がった。病室にあてがわれた西の丸の一室では、まだ起き上がれぬ近藤勇と、歳三の顔を見れば「癒《なお》った」と言う沖田総司が、広間での結果を聞こうと待っているに違いなかった。

だが、翌日、慶喜の姿は大坂城から消えていた。もと京都守護職の松平容保、その実弟でもと京都所司代の松平定敬《さだあき》、老中の板倉勝静《いたくらかつきよ》、酒井忠淳《さかいただあつ》のほか、大目付の戸川安愛《とがわやすなる》、目付の榎本道章もいなくなっていた。

騒然とする城内を、若年寄永井尚志《なおゆき》の配下の者が、広間へ集まるようにと声をからして触れまわった。昨日と同じように、軀中から戦場のにおいを漂わせている者達が、広間に集まった。歳三はふと、慶喜はこのにおいがいやだったのではないかと思った。武家とは戦う者である。その武家の頭領ではあっても、将軍がみずから戦場に出かけたことは、三代家光以来絶えてない。慶喜をかこんでいるのも戦さを知らない大名達で、昨日、慶喜をはじめて見た歳三は、広間の雰囲気とちがうものを感じた。慶喜にふさわしい武将は、よい香りを漂わせていた榎本武揚一人だったかもしれない。

将軍家は我等を騙されたのかと、口々にわめく声のしずまるのを待って、尚志は口を開いた。将軍家は、大坂より江戸で戦うべきだと判断され、大坂湾に碇をおろしている開陽丸に乗り込まれて、今はもう江戸に向かわれているというのであった。尚志も随行を命じられたのだが、後片付けのために残ったという。

やはり――と歳三は思った。慶喜に陣頭に立って戦う気はなかった。頼ったのも、榎本武揚の開陽丸だった。慶喜は大坂城に辿りついてようやく生気をとりもどした家臣達に、戦意のないことを打明けるのができなかったのにちがいない。どんな騒ぎになるかと恐ろしくもあったのだろう。なまじ人の胸のうちを読める聡明さを持ち合わせているだけに、おそらく、その場しのぎの心にもない約束をしてしまったのだ。

尚志は、将軍家は江戸で戦さの準備をなされていると、必死で説いていた。が、その言葉を信用する者はいなかった。広間に集まった者は皆、昨日とはうってかわってうつろな表情を浮かべていた。淀藩に裏切られ、津藩に裏切られ、ついには将軍にまで裏切られて、大坂城にたてこもって戦おうという意見が出てこないのも、当り前かもしれなかった。

おじけづいたように広間を出て、引き上げの準備をはじめる将兵達を横目で見ながら、歳三は、慶喜の御座所となっていた部屋に足を踏み入れた。後始末のため大坂城に残った永井尚志は、まだ会津、桑名両藩の重臣や、諸隊の隊長にかこまれている。御座所の乱れに手をつける暇はないようで、脇息《きようそく》、扇、硯箱などの身のまわりの品はおろか、どれを持って帰るか取捨選択がされたらしい絵画や陶器が投げ出され、呆れたことに刀剣や秘密を要するにちがいない文書までが散らかっていた。

「ひどいものですね」

うしろで声がした。ふりかえると、見覚えのある口髭の、背の高い男が立っていた。榎本武揚だった。歳三は首をかしげた。慶喜は、開陽丸で江戸へ向かったという。武揚は、開陽丸の船将ではなかったか。

「乗っ取られました」

武揚は苦笑した。

「用事がありましてね、昨夜は船に帰れなかったのです。もっとも、わたしが乗っていたとしても、将軍家のご命令とあらば碇を上げぬわけにはゆかぬでしょうが」

いつの間にか雨になっていた。文書や身の廻りの品が投げ出されて、ひどく荒れはてて見える庭に降っている雨は、今にも雪にかわりそうだった。

「さあて」

武揚は、上着を脱いで無雑作に棚へ置き、シャツの袖をまくりあげた。文書を重ね、絵巻物を巻きはじめる。

「榎本さん」

歳三は思い切って声をかけた。先刻から、胸のうちを占めていること
があった。

「折入って、頼みがあるのですが」

「どうぞ。わたしに出来ることでしたら、お引き受けします」

「実は、――病人を船に乗せていただきたいのです」

「承知しました」

武揚は、あっさりと答えた。病人を江戸まで連れて行ってくれと頼まれたのだと、わかっているのだろうかと不安になるほどだった。

「一人は肩に傷を負っているのですが、一人は労咳です」

「労咳ですか」

武揚はちょっと首をかしげた。

「水夫《かこ》はいやがるかもしれませんから、新選組の方が病人の世話をしてくれるのならいいですよ」

「わかりました。で、何人くらい乗せてもらえますか」

「え？」

武揚は妙な顔をした。

「まさか土方さんは、大坂に残って城を枕に討死《うちじに》の覚悟を決められたのじゃないでしょうね」

歳三は曖昧に笑った。実のところ、大坂城に残って戦うべきか江戸へ引き上げるべきか、迷っていた。どう考えても薩長の罠にはまって戦さをしてしまったような気がするが、だからといって一兵も踏みとどまらず、江戸へ逃げ帰るのも薩長に快哉を叫ばせるだけだ。

「つまらん意地です」

武揚は大仰に首をすくめた。これも、四年半の異国暮らしで身についたしぐさらしい。

「わたしも、大坂で戦うべきだと進言しました。大坂城と、おこがましいようだが我々の軍艦があれば、必ず勝てる。が、それも、上様おんみずから先頭に立たれ、将兵心を合わせて戦った時の話です。土方さんの気持もわからないではないが、死ぬとわかっていて戦うのはつまらん意地です。土方さんが、今死んではもったいない」

「しかし」

「江戸で戦いましょう。我々の戦さはこれからです」

歳三は口を閉じた。武揚も、鳥羽伏見は薩摩にさせられてしまった戦争だと思っているのかもしれなかった。させられてしまった戦争は、確かに「我々の戦さ」ではない。

「実は」

と、武揚が言った。

「わたしも折入って頼みがあるのですが」

「どうぞ」

「金を運んでくれと頼まれているのです。それも十五万両です」

「十五万両も……」

あったのですかという言葉をのみこんで、歳三は武揚と顔を見合わせた。武揚も苦笑いをしていた。

「わかりました。勘定奉行の手には負えんでしょう。新選組が護衛を引き受けます」

「そう願えますか。有難い」

翌八日、大坂城は長州軍にかこまれた。が、金を積んだ荷車は、無事に富士山丸へ運び込まれた。歳三と武揚は、荷車の横についていた。武揚は短筒——ピストルを身につけていて、長州藩兵に行手を遮られた時に数発を撃った。藩兵がひるんだ隙に駆け抜けたのだが、飛道具の威力をあらためて教えられた出来事だった。

新選組隊士は富士山丸と順動丸にわかれて乗船し、江戸へ帰ってきた。

わかれ道

「とし。どこにいるのだ、とし」

勇の声だった。一月の末に陸軍総裁となった海舟、勝安房守義邦に呼び出されて登城したのだが、思いのほかに早く帰って来た。せわしげな足音と、昔通りのとしという呼び名を耳にして、歳三は、読んでいた榎本武揚からの手紙をたたんだ。

廊下へ出る。手入れの行き届かなくなった築山《つきやま》に、草の芽がふいていた。大坂から江戸へ引き上げてきて以来、新選組屯所となっている秋月右京亮種樹《あきづきうきょうのすけたねたつ》の役宅であった。種樹は慶応三年六月、若年寄に再任されたが同年十二月に御役御免となり、役宅が空《あ》いていたので、新選組の屯所にあてられたのだった。

「こっちだ、近藤さん」

江戸城で何かあったらしい。勇は興奮の醒めぬ顔つきで、足早に歩いてきた。無意識なのだろう、右肩を押えている。富士山丸で江戸へ引き上げてきたあと、勇は沖田総司とともに神田和泉橋の医学所へ行き、しばらくの間、松本良順の手当てをうけていた。まったく痛まぬようになったと言っているが、隊士達に心配をさせないがための嘘だろう。勇の右腕は肩までしか上がらない。

「甲府だよ、とし。俺達は、甲府へ行くことに決まった」

興奮を抑えきれぬ勇とはうらはらに、瞬間、歳三の頭にひらめいたのは、『山流し』という言葉だった。甲府城の守備のために命じられる甲府勤番は山ばかりの淋しい土地へ行かねばならぬため、旗本達の間で、あれは島流しならぬ山流しだと言われていたのである。

「うかぬ顔をしているな」

と、勇が言った。

「そうかな」

歳三は、掌で顔をこすった。勇は、左手で歳三の肩を突いた。

「ただの甲府行きとは、わけが違うぞ。話を聞けば、歳さんもびっくりする」

「そうかもしれねえ」

「張り合いのない奴《やつ》だな。いいか、俺達は甲府城に入る。入って薩長軍の進攻を防ぐのだ」

「では、陸軍総裁のご意見も、抗戦に変わったのか」

海舟は、戦うべき時を逸したと言っている。戦うのであれば大坂城で反撃に移るべきだったのであり、将軍が敵を前にして逃げ出してしまったからには、恭順の道を選ぶほかはないというのである。その海舟が抗戦派に転じたのなら言うことはないが、勇は苦笑してかぶりを振った。

「そうではないが、これがうまくゆけば、としだって五万石だぞ」

「五万石？」

「俺は十万石だ。まだ表だっての話ではないが」

「待ってくれ」

と、歳三は言った。

「そんな約束を、幕府の誰がしたのだ」

勇は目をむいた。答えに詰まったようだった。歳三は幕府と言ったが、もう幕府の重役はいなくなっている。勝海舟の陸軍総裁も、大久《おおく》保一翁《ぼいちおう》の会計総裁も、徳川の家職なのである。

「あまり、あてになる話とは思えねえが」

歳三は、遠慮がちに言った。

京には朝廷の政府がある。諸外国は、幕府をまだ日本の政府として認めてはいるが、イギリスは幕府の行末は短いと考えたようで、鳥羽伏見戦争以前から薩摩と結んでいる。はたから見れば、イギリスは正しかった。が、幕府側にすれば、アジア諸国で張り合っているらしいフランスが幕府へ軍事顧問団を送り込んでいるからといって、薩摩を支援してもらいたくなかった。イギリスの支援があったからこそ、薩摩は戦争に踏み切れたのであり、伏見での戦さに勝つことができたのだ。

新政府は二月三日、慶喜、松平容保、松平定敬らを朝敵として処分することを発表した。『朝敵』である。かつては葵の御紋に刃向うことはできなかったが、今はそれが菊の御紋に変わった。朝敵の烙印を押されることは、日本に居所はないと言われたにひとしい。西国諸藩は先を争うように新政府に従った。慶喜も海舟の意見をいれて、恭順を決意した。その幕府から、五万石の大名に取り立てると言われても、徳川家の領地のどこにそんな余裕があるのかと思う。知行地へ逃げ帰った旗本もいる始末で、割合に身分の低い者が江戸に残っているのは、彼等が禄米取りで、帰ることのできる知行地がないという事情もあるのだった。

無論、抗戦派がいなくなったわけではない。軍事顧問団を送り込んでいるフランスも、その一員であった。ざっと一月《ひとつき》前の一月十三日、江戸城大広間での恭順をとるか抗戦をとるかの評定にはこの顧問団も出席、箱根の東に敵軍を誘い込み、海軍が駿河湾に上陸して退路をたつ作戦を主張したという。見事な作戦でフランスの力を借りようとする者も少くなかった。が、当然のことではあるのだが、フランスの幕府への肩入れは、幕府への好意から出たものではない。幕府と親密な関係にあるフランスは、幕府が実権を握っていてくれなければ日本での立場を有利にできないのである。同様に、薩摩の後楯となっているイギリスは、西郷吉之助や大久保一蔵がその中心にいる新政府にしっかりと政権を握ってもらわねばならない。旧幕府軍と新政府軍との戦いは、フランスとイギリスの戦いになりかねない。海舟はそれを嫌った。慶喜にひたすら恭順することをすすめたのである。

江戸は、騒然とした。恭順は、言い換えれば自身に罪があったと認めることである。武家が政権を握ったのは、源平の昔にさかのぼる。徳川家の祖である家康と覇《は》を争った織田信長も豊臣秀吉も、政権を朝廷へ返そうとはしなかった。家康もまた自身が政権を握ったが、かたちの上では朝廷からあずけられたのである。十五代慶喜は、その政権を返上し、徳川家最後の将軍となった。どこに彼を『朝敵』と呼ぶ理由があるのだろう。

歳三は釈然としない。恭順は、あやまった道ではないかと思う。歳三だけではない。勝の方針に不満を抱く者達が集まって次々に隊が結成され、会津藩にいたっては、ひそかに江戸藩邸へフランス将校を招き、藩士達に洋式の調練をうけさせていた。

が、慶喜は、松平容保、定敬らに登城を禁じ、江戸府外へ立ち去るように命じた。慶喜自身も城を出て、上野山内寛永寺大慈院で謹慎することにした。旧幕府閣僚も隊の結成を禁じる達書《たつしがき》を出し、慶喜の謹慎が実を結ぶように努めていた。新選組が甲府出陣を命じられる理由はどこにもなかった。

「だが、三千両だぞ」

と、勇が言った。

「三千両のほか、鉄砲もお下げ渡しになる」

「わからねえな。俺達は徹底抗戦を唱えているんだぜ。その俺達に大砲をお下げ渡しになれば、薩長軍へ大砲をぶっ放す。東山道軍《とうさんどうぐん》てえ軍勢があのあたりを通ると聞いたが、そいつらに大砲を撃ち込んだらそれこそ上様のご謹慎が何もならなくなる」

「なに、勝だって大久保だって、実のところは薩長軍を江戸へ入れたくないのさ。鉄砲や大砲で脅かし、諸隊で守りをかためて、江戸へは一歩も入れずに徳川家存続などの交渉をまとめてしまおうという腹なのだろう」

「わかった」

歳三は、反対するのをやめた。鳥羽伏見戦争を戦えなかった勇は、今こそ腕のふるい時と思っているのだろう。第一、誰と会ったのかわからないが、その相手に甲府行きを承諾してきたにちがいない。

「まず人集めだ。今のままでは隊士の数が足りねえ。それから、早いうちに甲府へ人をやって、甲府城の勤番者と話をつけておきたいが、まかせてくれるか」

「まかせる」

そう言って、勇は意味ありげに笑った。

「これか」

小指を出して、机の方へあごをしゃくった。武揚からの手紙を、女からのものと勘違いしたらしい。歳三は、苦笑して手紙を見せた。

大坂城で後片付けをした時も、富士山丸で江戸へ帰ってくる時も、歳三は、武揚の洋服が羨ましくてならなかった。ただでさえ身軽に見えるのに、いそがしくなってくると、武揚は簡単に上着を脱ぎ、シャツの袖をまくる。たすきがけの必要もなければ、袴の股立《ももだ》ちをとることもなかった。

一着欲しいと、船を降りる時、歳三は思いきって武揚に頼んだ。一月二十三日に海軍副総裁を命じられて、いそがしい筈の武揚だが、それを覚えていてくれたらしい。自分の服を縫ったのは、村田市次郎という裁縫師だが、その市次郎が今、横浜へ帰っていると、武揚は書いていた。村田市次郎に歳三の話をし、ラシャも取り寄せてくれたという。

「としが軍服をねえ」

勇は、感心したように言った。

「俺は真平御免だが、としさんが着るのには反対しない。そう言やあ、お前《めえ》は軍服の似合いそうな顔をしている」

せっかく話をしておいてくれたのだから早く行けとせきたてられて、翌朝早く歳三は屯所を出た。横浜まで、日帰りのできぬ道程ではない。

筒袖にたっつけ袴の小柄な裁縫師は、歳三のくるのを待っていた。

幾つかの見本を見せてくれて、これならば型紙があると言う。歳三は、ビロードの衿のついたフロックコート風の上着を選んだ。裁縫師は意外そうな顔をして歳三を眺め、それから嬉しそうに笑った。洋服に縁のなかった新選組副長が選んだ軍服は、裁縫師村田市次郎の自信作であったようだった。

横浜からの帰りを、勇が待ちかねていた。明日二月十二日、慶喜は上野寛永寺大慈院へ移ることになり、新選組は護衛の役目を命じられたのだという。

「そのお役目は明日からか」

「いや。十五日からだ。明日は俺一人で、ひそかにお護りするつもりだ」

「で、甲府行きはどうする」

「やむをえぬ。当分、延期だ」

「やめるのじゃ、ねえのだな」

「なぜ念を押す」

「実は、昨日のうちに、密偵を一人甲府へ送っておいた」

「としのやりそうなことだ」

勇は笑った。

「ついでだ。先発隊も送っておけ」

「そうしよう」

歳三は隊士を二組《ふたくみ》に分け、交替で慶喜の警護にあたらせることにして、そこから除いた三人の隊士を甲府に向かわせた。

伊庭《いば》八郎《はちろう》が訪れたのは、その数日後であった。

隊士が門番をつとめている上に、玄関近くの部屋には斎藤一や蟻《あり》通勘吾《どおしかんご》などが詰めていて、姓名を問うたようだが、八郎は「土方歳三の弟だよ」と煙《けむ》にまいたらしい。「お待ち下さい」と斎藤以下数人が追ってくる騒がしさに、歳三は部屋の外へ出た。

「よう、兄さん」

八郎は、廊下の端から手を上げた。かっての講武所指南役伊庭軍兵衛の息子で、心形刀流《しんぎょうとうりゅう》の腕前はその美男ぶりとともに評判が高く、伊庭の小天狗という異名もあった。十四代家茂の時に部屋住のまま召出され、奥詰となり、今は将軍の身辺警護にあたる遊撃隊の一人に選ばれている。

この男が、天然理心流の道場である試衛館のどこが気に入ったのか、三日に一度は顔を見せていたことがある。腕もよし、行儀もよし、勇の養父の周斎などは孫ができたような可愛がりようで、しばらく八郎が姿を見せぬと、「だらしがない、風邪でもひいたのだろう」と怒りながら、道場の門を出たり入ったりしていたものだった。

「すみません。弟に熱くって苦いお茶を出してやって下さい」

「ついでに蕎麦をたのめと言いてえのだろうが、あいにくとこの辺に蕎麦屋はねえ」

「そう思って、煎餅《せんべい》を買って来た」

八郎は、手に下げていた紙包みを見せた。

「渋茶に煎餅ではどうも爺《じじ》むさいが、としさんが相手ではしょうがねえや。――一緒に食いませんか」

玄関から列をつくってついてきた斎藤や勘吾、島田魁まで誘って、八郎は部屋の真中に腰をおろした。

「しみったれた奴だな。土産なら、鮨か鰻でも買ってこい」

「そう思ったが、俺のふところじゃ、みんなにふるまえるのは煎餅ぐらいだ」

「全体《ぜんてえ》、お前《めえ》は何しに来たのだ」

「のろけ」

「何？」

「火炎玉屋の黛《まゆずみ》花魁《おいらん》、これが、ちょいと年増《としま》だがいい女でねえ」

「殴るぞ」

歳三が昔、足しげく通ったことのある遊女の名であった。
二十五、六歳の頃だったろうか、歳三が乏しい小遣いをはたいて吉原へ通えば、黛の方も自分で自分の揚代《あげだい》を払って歳三を呼ぶという有様だった。それが、黛の客に知れぬわけがない。当時、黛の最も大切な客は、西国某藩の若隠居という噂だったが、間夫《まぶ》気取りで通ってくる歳三がその客の目障りとなったらしい。吉原はこわいところと教えてやれと指図をしたのかどうか、月明りだけが頼りの吉原田圃で、歳三は、数人の武士にかこまれたことがある。そこへ駆けつけてくれたのが、近藤勇と伊庭八郎であった。吉原へ通いなれた八郎が勇を案内してきたというが、当時の八郎は、まだ十七か八だっただろう。

「考えてみりゃ、俺は歳さんの命の恩人だ」

「恩返しの催促かえ」

「それほど野暮じゃねえ」

八郎は、煎餅の袋を斎藤一に渡した。八郎に煎餅を食べるつもりはないらしい。歳三は、斎藤に目配せした。この時期に、遊撃隊の隊士が新選組の屯所へ遊びにくる暇はない筈であった。斎藤は、隊士達をうながして玄関近くの部屋へ戻って行った。

「実は」

と、八郎は言った。

「甲府行きの一件だが、あれは、やめた方がいいと思う」

「俺も気がすすまねえのさ」

歳三は、ほろ苦く笑った。

「が、近藤さんが大乗気だ。新選組に五十万石をやると言われては、乗気になるのも当り前だ」

「待ってくれ、話がちがう」

「やっぱり五十万石は嘘か」

「五十万石については知らぬ。が、俺は、新選組が甲府行きを強行しようとしているので、陸軍総裁の勝安房守が弱りはて、上様のご警護を申しつけたと聞いた」

「それこそ話がちがう」

歳三は、事情を説明して八郎と顔を見合わせた。

「おかしいじゃないか」

「そう言いたいのは俺の方だ」

「いや、おかしいのはそれだけじゃない。俺と同じ遊撃隊の人見勝《ひとみかつ》太郎《たろう》を知っているだろう」

知っている。先月一月の末に、偶然この近くで出会って立話をした。八郎より一歳年上の京生れの男だった。人見は二月はじめ、大目付の堀錠之助、遊撃隊の岡田斧吉《おかだおのきち》らとともに、慶喜追討の軍勢である東征軍東海道先鋒総督府へ慶喜の助命嘆願に向かったという。どういう理由があったのか道を中仙道にとり、甲府に入ったのだそうだ。

「人見も、新選組が攻めてくるという噂を聞いてびっくりしたようだ。あわてて俺に使いを寄越したよ。としさん、甲府城にはもう東征軍の手が入っているぜ」

「何だと」

「歳さんも知っての通り、城代《じょうだい》はもう江戸へ帰って来ている。甲府代官が土佐の黒岩、肥後の林とかいう男に会い、城や金、米を引き渡せという命令に素直に応じているそうだ」

歳三は、黙って腕を組んだ。甲府出陣は延期になった。いつ出発するのかわからないが、その頃にはすべての引渡しが終っているのかもしれない。

「勤番者の中には、なぜ上様の物を東征軍に引渡さなくてはならぬのだと、怒っている者も多いらしいが」

「東征軍に通じている者もいるだろう。俺も、穏やかに入城できるとは思っちゃいなかったが」

「上様は恭順を決意なされた。戦さは、上様の御意にそむくことになる」

今、幕府の実権を握っているのは、陸軍総裁の勝海舟と会計総裁の大久保一翁である。鳥羽伏見の敗戦後、慶喜がためらったとはいえ、優勢な海軍の力を使えば勝てぬことはないと主張したフランス公使や、当時勘定奉行であった小栗忠順《おぐりただまさ》を退けた海舟が、なぜ今頃になって新選組に武器を持たせようとするのだろう。

気をつけろ。そう言って八郎は帰って行った。

翌日、歳三は、交替で顔を合わせた近藤勇に、伊庭八郎がたずねて来たことを告げた。

そんなことかと、勇は八郎の心配を笑った。勝も大久保も、素手《すで》で東征軍を迎えるのが怖いのだというのである。

「彰義隊をみねえな」

と、勇は言った。旗本の次・三男が多く集まって結成された彰義隊は、浅草本願寺で気勢をあげている。

「あれだって、上様の恭順には邪魔になる。江戸湾の軍艦だってそうだ。浅草に彰義隊がいて、俺達が甲府にいりゃ、東征軍だっておいそれと進んでは来られねえ。その上江戸湾に榎本さんの海軍がいるとなれば、どんなに心強いことか。強気の交渉もできるじゃねえか。海舟の狙いはそれよ」

勇の解釈にも一理あった。東征軍進攻のようすを耳にしながら何もせずにいるのは、ひたすら恭順を唱えてきた勝や大久保にとっても不安であるにちがいなかった。

「心配するな」

と、勇は歳三の肩を叩いた。早く甲府へ行かせた方がよいとわかれば慶喜警護のお役目は御免となると言ったが、その通りになった。二月二十六日以降、慶喜警護は、伊庭八郎ら遊撃隊の役目となったのである。

「とし、お前も登城しろとさ」

最後の日の役目を終えたあとで、勇は笑いながら言った。歳三は露骨に顔をしかめた。京にいる頃から勇はよく集まりに顔を出していたが、歳三は、誘われても断っていた。喋りつづけているうちに乱暴な口調となりそうだったし、理屈をこねるのは苦手だった。薩摩がいかに理不尽であるかを説くよりも、理不尽な言動をあらためさせるように動きたかった。

が、しぶしぶ登城した大広間で、勇は若年寄、歳三は寄合席の格式と、大久保剛《おおくぼつよし》、内藤隼人《ないとうはやと》の名をあたえられた。内々ではあるが、甲府行きの部隊にも、甲陽鎮撫隊の名が用意されているという。抗戦を主張したために蟄居《ちっきょ》を命じられた若年寄、永井尚志の命名であった。部隊結成の名目は一揆の鎮撫でも、それでこの部隊の目的がどこにあるかわかろうというものだった。

「気をつけろ」という八郎の言葉が、頭の中を通り過ぎた。恭順を唱えている海舟の気持がどこにあるのかわからなかった。しかも、控えの間で、歩兵指図役であった古屋佐久左衛門《ふるやさくざえもん》が歩兵奉行に昇進し、八百五十人の兵を率いて信州へ向かう話を聞いた。

二月はじめ、洋式部隊である十一、十二聯隊《れんたい》の兵が、上官を撃って脱走する事件が起きた。この脱走兵を説得し、ほぼもと通りに集合させたのが古屋佐久左衛門で、佐久左衛門はこの功績によっていきなり歩兵奉行に昇進、信州の天領二十四万石のお墨付をもらって一揆鎮撫に向かうことになったという。

俺達と同じだと、歳三は思った。が、海舟は、なぜ古屋隊を信州へ向かわせたのだろう。勇が言っていたように、新選組や古屋隊の出陣が東征軍に威圧感をあたえるためのものであるとするならば、信州は遠過ぎないか。万に一つ恭順が認められぬ時を考えたなら、鳥羽伏見戦争でよく戦った歩兵十一、十二聯隊や、刀に頼っている集団ではあるけれども徹底抗戦を叫びつづけている新選組は、江戸周辺に置いておくべきではないだろうか。

忘れかけていた『山流し』という言葉が、歳三の脳裡を通り過ぎていった。

沖田総司は、浅草今戸にある松本良順の私邸にいる。屯所で寝ていられるような体調ではなく、医生に面倒をみてもらっているのだった。が、甲府出陣でしばらく江戸を留守にすると言うと、病気は癒っていると強情を張り、相撲の四股《しこ》を踏んでみせた。

歳三は、そっと目をそらせた。「もう少しの辛抱だ」と言って帰ってきたのだが、総司の四股はふらついただけだったのである。

そのあとが近藤勇であった。歳三の持っていた扇が当っても知らぬ顔をしていたので触れてみると、勇の右手は氷のようにつめたかった。

血のめぐりがわるくなっているらしい。すぐに癒ると言ったが、歳三は、局長付きの少年、田村銀之助を呼んで尋ねてみた。

銀之助は、勇の顔を見て答えをためらった。以前からつめたく、感覚を失っていたようだと答えたのと同じことだった。勇は苦笑した。慶喜の警護の最中にも右手の感覚がなくなって、掌で右肩を暖めていたのだという。

「だが、もう癒った」

「嘘をつけ」

「嘘がつけるか。右は俺の利き腕だぞ」

「だから、心配しているのだ。頼むから、医者へ行ってくれ」

「医者の言うことを聞いていたら、何もできない」

「近藤さんは聞かなくてもいい。良順先生は何と言うか、俺が聞きてえ」

歳三は、医学所へ使いを走らせた。が、良順は横浜へ出かけていて、明後日でなければ戻らぬという。

「大丈夫だと言っているじゃねえか」

勇は、不機嫌な顔になった。自分達が先に行く、近藤さんは良順先生の治療をうけてから甲府へきてくれと言っても、承知するわけがなかった。歳三は、甲府へ到着するまでの間、勇の肩を休ませるつもりで駕籠を用意させた。大名の乗る、長棒引戸の駕籠であった。

日野宿には、歳三の義兄で、名主をつとめる佐藤彦五郎の屋敷があった。生まれる前に父をなくし、六歳で母を失った歳三が、母と慕う姉ののぶの嫁ぎ先であった。

彦五郎も、歳三を我が子のように可愛がってくれた。勇と出会うきっかけをつくってくれたのも彦五郎で、彼が天然理心流の道場をたてなければ、勇が出稽古にくることもなく、歳三は定職をもたず、土方家の厄介者となっていたかもしれない。上洛後、やりくりに苦しんでいた新選組に、こころよく金を融通してくれたのも彦五郎だった。

また、日野宿手前の上石原村は、勇の生まれ故郷であった。勇や歳三を知る者が彦五郎の屋敷に集まって、甲府出陣を祝いたいと言ってきているという。素通りするわけにはゆかなかった。

その彦五郎の屋敷が、もう見えている。

京へのぼってからも幾度か帰ってきている屋敷だったが、見馴れた門構えがなつかしかった。堂々とした長屋門の、両脇の破れまでが見えたような気がした。籾《もみ》や種を入れておく門の両脇にある小部屋に、歳三はよくもぐり込んだものだった。

修理をしてもいつの間にか毀《こわ》れて、歳三のいたずらがやむと、甥達が隠れるようになった。大事な籾《もみ》や種がしまってあるのにと姉ののぶが金切り声をあげ、逃げて行く伜達を見て、義兄の彦五郎は、そんな大声を出すなと姉に言う。

遠くなった光景だった。あの頃の総司は歳三の甥達と一緒に籾の袋の陰に隠れ、総司を連れてきた勇がのぶと彦五郎に、平あやまりにあやまったのを覚えている。長屋門に、うらうらと陽《ひ》の当る時のことだった。

総司は剣の使い手として名をはせたが、今、病いに伏せっている。勇は、大名駕籠に乗っても文句を言われぬようになったが右腕が上がらない。昔に帰れるものならと思いそうになって、歳三はかぶりを振った。歳三も、新選組副長だった。籾の袋に隠れる昔に戻ってよいわけがない。

がっしりとした体格の男と小柄な女が中門から駆けてくるのが見えた。彦五郎とのぶだった。ふたたびほの甘い思い出が押し寄せた。焼芋の皮をむいてくれたふしくれだった指や、無駄遣いを叱りながら金を渡してくれた細い指が目の前に浮かんだ。

隊士達が、副長と副長の身内を見つめていた。隊士達と向い合う時はつとめて表情を消している歳三が、身内と会う時はどんな表情を浮かべるのかと思ったのかもしれない。歳三は、急に不機嫌になって馬から降りた。叩きつけるように手綱を馬丁に渡して、ろくな挨拶もせずに中門をくぐる。ちらとのぶが歳三をふりかえったが、すぐに、勇へ挨拶をしている二人の声が聞えてきた。

屋敷の中は、奥の間と中の間の唐紙がとりはらわれて、祝宴の席がつくられていた。勇や歳三、永倉、斎藤などの主だった隊士が席につき、隊士達は気兼ねなく酒がのめるよう、台所に菰樽《こもだる》が用意されているらしい。

「歳さん、わしは鼻が高いよ」

宴がひらかれ、一通りの挨拶がすんだところで紋付きに袴の彦五郎が盃を持って来た。そのうしろに、晴着に着替えたのぶがいる。

「わしの身内に、歳さんのような男がいる。そう考えると、おのぶを女房にして、ほんとうによかったと思うのさ」

「まあ、歳三がいなければ、わたしが女房でよかったとは思わないのですか」

いやいや、彦五郎さんには過ぎた女房だとまわりの者が言う。彦五郎は嬉しそうに歳三へ盃を渡した。銚子を持っているのぶがその盃に酒をついだ。

「歳さんが近所の子を泣かせては、おのぶがあやまりに行っていたのが、昨日のことのように思えるがなあ」

きれいに消した光景が、またはっきりと目の前に浮かんだ。泣いているのは近所の子供ではない。のぶだった。

のぶは、彦五郎さんがこわいと言って泣いている。歳三は泣きじゃくる姉の、白くてやわらかい手をひいて石田寺《せきでんじ》へ行った。のぶが、十四歳で日野へ嫁ぐ日の前のことだった。お嫁になんかゆきたくない、彦五郎さんがこわいと泣く姉を観音堂に隠し、十歳の歳三は夜通し見張りに立っていた。

その時のことを、姉は忘れているのかもしれない。白くて細かった指は多少節くれだち、そのかわり手の甲には赤子のような笑靨《えくぼ》がならんでいる。のぶはその指で歳三の箸を持ち、歳三の小皿に料理をとって、これは自分が煮たの、これは昨日山で採ってきたのと、はしゃいだ口調で説明していた。

「一人で飲む」

歳三は、銚子と盃を持って立ち上がった。彦五郎が、呆気にとられたように歳三を見上げた。すまないと思ったが、足は気持とかかわりなく動いて、歳三は道場脇の薄暗い座敷に入った。ひやりとした空気が頰に触れた。

「どうしたというの」

のぶが、膳を持って追ってきた。

「ずいぶん、無愛想になったこと」

黙って酒を飲む。

「てれているのでしょう。昔から、歳さんはてれやで損をしていたから」

のぶは、一人で納得した。膳にのっていた銚子をとり、空になった歳三の盃に酒をつぐ。宴席から唐紙が揺れるような歓声が上がり、拍手が聞えてきた。勇が、威勢のよいことを言ったのだろう。

「まだ夢を見ているような気がしますよ。歳さんが、お旗本並の格式をいただくなんて」

「ま、出世といえば、出世ですがね」

「またそんな口をきく。今度の戦さで勝ったら、歳さんとは気楽に話せなくなるのじゃないかって、うちの人が心配していましたよ。勝算はあるのでしょう？」

「さあ、どうですか」

「ほんとうに無愛想ね」

ふと、勇が酒を飲み過ぎてはいまいかと思った。良順から酒はいけないと注意されているのだが、この歓迎ぶりでは、飲むなと言う方が無理かもしれない。酒も飲めぬほど肩の傷が悪化しているとわかっては士気にかかわると、勇は豪快に盃を干すだろう。

「姉さん」

「なに？」

「早めに客を帰して下さい。明日からの行軍に差し支えます」

「そんなことを考えていたの。わかっていますよ。そこにぬかりがあるものですか」

それよりもと、のぶはあたりを見廻して声をひそめた。

「歳さんに、会ってもらいたい人がいるのだけれど」

「誰ですか」

甲陽鎮撫隊への入隊を頼みに来た若者なら断ろうと思った。江戸で集めた隊士には、まがりなりにも銃の撃ち方を教えてあるが、これからでは間に合わない。のぶは、もう一度あたりを見廻した。

「於琴《おこと》さん――」

「来ているのですか」

思わず歳三もあたりを見廻した。許嫁であった。戸塚村の三味線屋の一人娘で、歳三より、歳三の兄達が気に入っていた。

「先に話しておいた方がいいと思うから言うけれど」

のぶは、一段と声を低くした。

於琴に縁談がもちあがっているという。縁談のない方が不思議だった。於琴との縁は、歳三の実兄で目が見えぬため音曲の道にすすんだ土方石翠が、於琴の弾く三味線の音に惚れて、ぜひ弟の嫁にと望んだことからはじまる。それが六年も前のことだった。すぐに婚礼の式をあげろというのを断って、歳三は京へ向かった。以来、華奢な軀つきの美しい娘のことは忘れがちになった。人を斬り、人から斬りかかられる修羅場をくぐりぬければ、その昂りを鎮めるために女と枕をかわさずにはいられない。無垢な娘はかえって重荷で、金で買える一夜の情《なさけ》の方がいい。歳三の胸のうちに、華奢な娘の住みつく余地はなかった。

が、於琴は、じっと歳三を待っていたのだろう。十六だった於琴も今は二十二、二十《はたち》を過ぎても白歯《しらは》かと、ここ数年は嫁《ゆ》きおくれの陰口をたたかれていたにちがいなかった。

「もっと早く、やさしい男の女房になれと言ってやらなければいけなかったんだ。俺のことなんざ気にせず幸せになってくれと、そう言って下さい」

「会わないの？」

「ええ」

歳三はうなずいた。

「その方がいいと思います」

「そう」

のぶは、溜息をついて銚子をとった。

「お嫁にゆくことを歳三さんに話したいと言って来られたのだけれど」

障子の向うで、人の気配がしたような気がした。が、歳三は、酒のつがれた盃を見つめていた。華奢な軀つきの女の、袂で顔をおおって駆けてゆく姿が、盃の中に浮かんだ。その女も今は細い指で顔をおおって泣いていても、やがて、多少節くれだった手で子供を抱き、その子が四、五歳になれば、「いたずらもいい加減になさい」と金切り声をあげるだろう。

「於琴さんのほんとうの気持は、歳さんにとめてもらいたいのだと思いますよ」

のぶは、障子の向うの気配に気づかなかったらしい。銚子の蓋をあけてみて、酒を入れに行くつもりか、立って障子を開けようとした。

歳三はその袖を押えた。

「どうしたの」

「酒はいい」

道場へつづく重い戸が開いた。勇と彦五郎が、多少酔いのまわった赤い顔を出した。

「やっぱりここだ」

と、勇は言った。

「歳さん、どうする。近くの若い衆が、一緒に甲府へ行くと言ってきかぬのだ」

「断って下さい」

歳三に恭順の気持はない。ただの人殺しだと自分を卑下する気持はないが、伝え聞く勝海舟のような鋭い頭脳は持っていない。オランダに留学した榎本武揚のような、新しい知識はなおさら持ち合わせていない。将軍警固のために上洛し、京の治安を守るために結成された新選組の副長は、それがなぜ罪であるのかを問うために、戦いつづけるつもりだ。その戦さに日野の若者達を巻き込むつもりは毛頭なかった。

が、血気にはやる若者達は、彦五郎を説き伏せて一隊を組織し、春日隊と名づけて進軍に加わった。

いやな予感がした。皆が皆、勇と歳三の出世を喜び過ぎているような気がした。そんな時は、どこかに落とし穴がある。

歳三の予感は的中した。三月四日、甲府駒飼《こまかい》の宿《しゅく》に到着した時、信州諏訪で二手にわかれた東山道軍のうち、乾退助《いぬいたいすけ》（のちの板垣）のひきいる支隊三千人が、すでに甲府城に入っていたのである。

「三千人？」

斥候《せっこう》の知らせをうけた歳三は、鸚鵡返《おうむがえ》しに言った。城攻めには三倍の人数がいる。鎮撫隊の人数は二百人足らず、この人数で、しかも攻めるにむずかしい城にたてこもっている三千人と、戦えるわけがなかった。

「救援をたのむほかはない」

と、勇は言った。歳三はかぶりを振った。

「救援なんざ、あてにしねえ方がいい。それよりも少し退いて、笹子峠へ向かう細い道に兵をひそませておいたらどうだ」

それ以外に、東征軍と戦える方法はない。相手には鉄砲隊が組織されているだろうし、その実力は鳥羽伏見の戦さでよくわかっている。それに、『山流し』の部隊に救援が送られてくるとは思えない。が、
勇はかぶりを振った。

「だめだ。兵達はもう浮足だっている。救援が来ないとわかれば、争って逃げ出すにちがいない」

「逃げる奴は叩っ斬れ」

「そんなことができるか。俺達はもう、ただの浪士ではない。若年寄や寄合の格式をいただいた武士なのだぞ」

では、新選組はただの浪士集団であったというのか。貴様はただの人殺しだという篠原泰之進の声が聞えた。

「たのむ。救援を呼んできてくれ」

わかったと答えたが、伊庭八郎は気をつけろと言っていた。海舟は、新選組が甲府行きを強行しようとするので弱りはてていると周囲に話しているらしいのである。

「そばにいてもらいたいが、救援をよこせとかけあえるのも、歳さんしかいないんだよ」

歳三も、この場に残りたかった。勇の右腕は、ほとんどきかない。大刀を振りまわして指揮できるのは、歳三の方である。が、きかぬ右腕で、笹子峠の難所を馬で駆けぬけるのはむずかしいだろう。

「近藤さん。無理をしてくれるなよ」

「わかっている」

歳三は、馬に飛び乗った。一つ間違えれば深々とした谷へ沈んでゆく曲がりくねった暗い道を、歳三はひたすら駆けた。黒野田、初狩《はつかり》、大月と、夜も休まずに駆けて馬を乗りつぶし、小仏峠は駕籠で越えた。

江戸に入ったのは三月六日だった。軍事取扱という役職につき、徳川家の軍事いっさいを掌握した勝に会ったが埒があかない。

なぜだ。近藤さんに甲府へ行けと言って、大砲や支度金を下げ渡したのは、お前《めえ》じゃねえのか。

山流しだ。新選組を甲府の山へ流して、谷底へ沈める気なのだ。歳三は、目を血走らせて神奈川へ向かった。神奈川には、菜葉隊と呼ばれる旗本の部隊が集結していた。その旗本隊も動いてくれない。翌七日の夜、歳三は鎮撫隊の敗戦を耳にした。

歳三は、馬と駕籠を探した。先に、駕籠が見つかった。駕籠かきは歳三の形相におびえたのか、帰るところだと乗せるのをいやがったが、兼定を抜いてその光にものをいわせた。

日野を通るあたりで夜が明けて、八王子に入ったところで、甲州から逃げて来たらしい五、六人の兵に出会った。歳三は、駕籠からおりた。敗残兵の列は、とぎれてはまたつづいて、畑に出かけるらしい村の男達が、薄気味わるそうに避けてゆく。歳三は、ちらと歳三を見ては、また地面に目を落として歩いてゆく兵達と、肩をぶつけるようにして走り出した。

宿のはずれで、ようやく馬に乗った男に出会った。勇だった。うしろに斎藤一、蟻通勘吾、横倉甚五郎などの顔があった。歳三は、黙って馬の前に立った。勇は笑って腰の刀を叩いた。

「やっぱり、頼りになるのは虎徹《こてつ》だったよ」

砲撃戦で敗れたあと、虎徹をふりかぶって相手の陣中へ躍り込み、血路をひらいたという。

「この腕もな、虎徹だけは縦横にふるってくれた。俺の軀は、そういう風にできているらしい」

「永倉は」

と、歳三は尋ねた。原田左之助や、島田魁の姿もなかった。

「無事に逃げてくれた筈だ。お互い、無事であれば、本所二つ目の大久保主膳正の屋敷に集まることにきめている」

「そうか」

しばらくの間、誰も口をきかずに歩いた。無事な勇に出会ってほっとしたせいか、かえって足が重くなったような気がした。

井戸があると、勘吾がかすれた声で言った。井戸端の椎の木に馬をつなぎ、旅姿の武士の一人がつるべから水をこぼし、一人が手でうけた水を飲んでいる。こぼれた水の音が、のどの渇きを思い出させた。

「人見さん。人見さんじゃねえか」

水を飲んでいた武士が顔を上げた。やはり、遊撃隊の人見勝太郎だった。人見はあわててふところから手拭を出し、濡れた顔や手を拭きながら駆けてきた。

「ご無事でしたか。途中で妙な噂を聞いたものだから、ずいぶん心配しましたよ」

「面目もありません。伊庭さんのせっかくのご忠告を無にしました」

かたくるしく頭を下げた勇に、人見はかぶりを振った。

「いや、我々も一緒に戦うべきだったのかもしれません」

大目付の堀錠之助らとは途中で喧嘩別れをし、うしろにいる岡田斧吉と、東海道軍総督府の参謀に会い、朝敵と名指しされた慶喜の助命嘆願をしたが、相手はもはや長州藩士でも薩摩藩士でもなく、朝廷の重臣になりきっているという。

「将軍家の御為と思い、幾度も両手をついて頭を下げてきましたが、腹のうちは、口惜しさで煮えくりかえるようでした。大政奉還まで遊ばされた将軍家に、どんな罪がおありというのですか。奴等は生れてはじめて手にした刀に夢中になって、いらぬところにまで振りまわしているとしか思えません」

それでと言いかけて、人見はあたりを見廻した。酒も飲ませるらしい店の、赤い旗が風に揺れていた。

「近藤さんや土方さんには、聞いていただきたいこともある。いかがですか、一献《いっこん》」

盃を傾ける真似をしながら、人見は、馬をつないである椎の木に近づいていった。

勇を江戸郊外にひそませ、歳三は、斎藤一を連れて屯所にしている秋月右京亮の屋敷に戻った。まさか歳三が帰ってくるとは思っていなかったのだろう、灯りの見えていた勝手口にまわると、留守居をしていた中間《ちゅうげん》やめし炊きの男が、あわてふためいて花札を隠した。屋敷の戸も閉めきったままだったらしい。唐紙を開けると、どこもしけったにおいがした。歳三は、雨戸をすべて開けさせて、居間にしていた部屋に入った。とにかく眠りたかった。

翌日、海舟への報告をどうするか、斎藤と相談していると中間が来客を告げた。会津藩の柿沢勇記《かきざわゆうき》、秋月登之助《あきづきのぼりのすけ》となのる男がたずねてきたという。

柿沢勇記とは、京で幾度か顔を合わせていた。藩主松平容保が京都守護職をつとめていた時の公用人で、如才なさがいやみにならぬ穏やかな男だった。藩主はじめ、江戸詰めの藩士達が国許へ引き上げたあと、三十人ほどが残って後片付けをしていると聞いていたが、柿沢もその一人だったらしい。歳三は、客間へ通すように言った。

秋月登之助とは初対面だったが、噂は耳にしている。田島代官の江上又八の子で、洋式の調練を行なったフランス将校に、これほど優秀な生徒は見たことがないと激賞されたという。着物につつまれていても胸や腕の筋肉の盛り上がりがわかる長身の男で、秋月登之助は変名であった。

「昨夜、新選組の屯所に誰か帰って来たようだと秋月が言いましてね」

と、柿沢が言った。

「それなら土方さんにちがいないと思いました。で、早速、罷《まか》り越した次第です」

「何か変わったことでも」

「とんでもない知らせです。東征軍は、三月十五日に江戸城総攻撃を企てています」

「三月十五日？」

歳三と斎藤が同時に言った。今日は三月十日、総攻撃の日まで五日しかない。五日間で兵をまとめ、東征軍の攻撃に備えることができるだろうか。

「詳しい報告を聞いたわけではありませんが、甲陽鎮撫隊と同じ日に信州へ向かった古屋隊も、昨日の未明、東征軍と戦って敗れたらしい。東征軍が攻め下ってくるのはわかっているのに、新選組や歩兵隊を江戸の外へ放り出して、徳川家の軍事取扱は、いったい何を考えているのでしょう」

「徳川家の社稷《しゃしょく》をお守りするためには、新選組も歩兵隊も、会津も桑名もすべて切り捨てる、そう考えているのじゃありませんか」

若い秋月登之助が吐き捨てるように言って、柿沢が苦笑した。

「実は、もう一つ、妙なことを聞き込んだのです」

歳三は、黙って話の先を促した。

「アーネスト・サトウが、昨夜、勝海舟に会いに来たというのです」

「アーネスト・サトウ？　イギリス公使館員ではありませんか。イギリスは、薩摩を後押ししている筈ですが」

「私には、妙としか言いようがありません。が、……」

柿沢はそこで言葉を切った。柿沢が言いたかったことは容易に想像がついた。勝海舟は、薩摩の西郷吉之助に会ったことがある。腐った幕府など倒れた方がよいという暴言を吐いたという話も聞いたことがあった。薩長同盟を成功させた坂本龍馬も勝邸を訪れて、海舟に心酔したというから、西郷が海舟に心を寄せていたとしても不思議はない。

今、幕臣の最大の関心事は、慶喜の助命と徳川の社稷を守ることにあるといっていい。抗戦派は、「慶喜死罪」を誇らしげに言う薩長が許せぬのであり、恭順派は、薩長が朝廷を味方につけてしまった以上、頭を下げるほかはないと考えているのだった。恭順派の海舟は、この二つを薩長が承諾すれば、江戸城を開くのもやむをえないと考えているかもしれなかった。

アーネスト・サトウを通してひそかに薩摩と交渉し、江戸城を開く気なら、新選組や歩兵聯隊はいかにも鬱陶しい。江戸から追い払っておきたいと思うだろう。その方が、開城の時に揉め事が少なくてすむ。

「ただ、イギリスが薩摩に、将軍家をお助け申せと言うでしょうか」

「わかりません。わかりませんが、我が会津藩のことを申し上げるなら」

藩主松平容保は、帰国後に養嗣子の喜徳《のぶのり》へ家督をゆずった。自身は御薬園の別邸で謹慎しているのだが、京都守護職の時に故孝明天皇の信頼を一身にうけていた人物であるだけに、朝敵と名指しした薩長への怒りは強いようだった。鳥羽伏見の戦さも、薩軍の発砲をうけて応戦しただけであり、朝廷に刃向かった覚えは毫《ごう》もないというのである。こののちも朝廷のために働くつもりだが、薩長軍が攻めてくるのであれば武門のならい、銃弾と砲火をもって迎えるほかはないとも言っている。藩士達は容保の意を汲んで脱藩し、名を変えて各地で抗戦を説いていた。その中の一人で、下総の流山《ながれやま》へ行っている者からこんな知らせがあったという。

「流山村は天領ですが、すぐ隣りの加村《かむら》は、駿州田中藩の飛地領で、高台に藩の陣屋が築かれています。陣屋内には徳川三百年の恩顧に報いようとする者が多かったのですが、国許の藩論が勤王にまとまりました」

田中藩の藩主、本多紀伊守正訥《まさもり》は駿河城代をつとめていた。駿河城は、東照神君《とうしょうしんくん》徳川家康が晩年過ごした、徳川家にとっては由緒ある城である。その城代をつとめるのは、名誉ある役目の筈であった。が、正訥は、東海道軍総督府からあらためて駿河城代に任じられると嬉々としてひきうけ、勤王を表明したという。

「国許がこれでは、陣屋内の者達が勤王方《きんのうがた》にくらがえするのもやむをえないかもしれません。が、一方で、徳川方《とくがわがた》が歯ぎしりをして口惜しがっているというのです」

歳三は、下総の地図を頭の中に描いた。江戸川沿いに流山宿があり、その北に関宿藩が、さらにその北に結城藩があり、宇都宮藩がある。関宿藩は幼少の藩主が病弱で、藩論は真二つにわかれ、勤王派と佐幕派が争いつづけていた。結城藩は重臣の勢力争いがからみ、勤王派が勢いを得て、佐幕派の藩主水野勝知《みずのかつとも》が城へも帰れぬ状態にある。浅草本願寺で気勢をあげている彰義隊に助けを求め、彰義隊も承知したようだが、国許では藩主勝知を廃し、義理の叔父をたてようと画策していた。

最も北の宇都宮は、奥羽街道の要地である。宇都宮から日光を通り、会津西街道を行けば会津藩に入る。会津藩としては、是が非でも押えておきたい所だろう。が、宇都宮藩主戸田忠友は、慶喜の宥免《ゆうめん》を願い出ようとして新政府の怒りを買い、大津で謹慎を命じられていた。藩士達にとって、藩主は将軍以上の存在である。仮に佐幕の志があっても、藩主の謹慎がとかれるまでは、佐幕を表明することもできぬ筈であった。

また、流山の東の雄藩、佐倉も似たような事情をかかえていた。佐倉藩主堀田正倫《まさみち》は、関東東北四十三藩を代表して慶喜の助命嘆願に上洛しているのである。今のところ謹慎は命じられていず、藩論は佐幕に統一されているようだが、正倫が処分をうければ藩論はたちまち勤王と変わるにちがいなかった。

「今のままでは、関東もすぐに勤王方一色に塗りつぶされるでしょう」

歳三は、口許をほころばせた。

「わかりました。貴藩のお考え通り、新選組が加村の陣屋に乗り込みます。貴藩は彰義隊とともに結城藩主に力を貸して、城へ戻れるようにして下さい。その上で、藩論の定まらぬ関宿を説得しましょう。関宿が佐幕にきまれば、宇都宮は会津と手を組むようになる」

「仰有る通りです」

うしろにいる斎藤一が、面白《おもしれ》えと言った。乗気になったようだった。


いったん屯所を出た秋月登之助が戻って来て、妙な男が屋敷を見張っていると教えてくれた。斎藤を連れて門の外へ出ると、二人の男が足早に立ち去って行った。誰の手の者か、見張りがついているらしい。

歳三は、本所二つ目へ出かけるのをやめて、松本良順の私邸のある今戸へ向かった。流山へ行くには勇を呼び戻さなくてはならないが、その相談をするにも、勇を休ませるにも、屯所より良順の家の方がよさそうだった。

斎藤が勇を迎えに行くことになった。斎藤は、勇を連れ帰ったあと、日が暮れていてもその足で流山のようすを見に行くと言って裏木戸から出て行った。

良順はいなかった。が、顔見知りの医生がいて、総司の病室に案内してくれた。総司は歳三を見ると、泣き出しそうな笑い顔になり、夜具をはいで起き上がろうとした。

「ひどいじゃありませんか」

と言う。

「生きているなら生きていると、ひとこと、知らせてくれればいいのに」

「怒るな。咳が出る」

歳三は、枕もとに腰をおろした。

安心したように軀を横たえた総司に、歳三は、そっと夜具をかけてやった。総司の軀は少し見ぬ間にまた痩せて、昔の面影を残している肩の広さが、かえって痛々しかった。

「知らないでしょう。先刻、永倉さんや原田さんがみえましたよ」

「そうか」

やはり、二人とも無事であったらしい。勇が本所にあらわれないので、今戸をたずねてきたのだろう。

「その時は良順先生がおいでで、永倉さんは何だか、借金を申し込んでいたようでしたよ」

「借金？」

「ええ、さんびゃく……」

総司ははげしく咳込んだ。

「もう喋るな」

「だけど……わたしが喋らなければ……」

にらめっこになると言いたいにちがいなかった。京に行ってからひどく口の重くなった歳三を、総司は、よくそう言ってからかったものだった。

医生が湯呑みを持って入ってきた。砂糖の入った湯のようだった。

総司は歳三の手を経ずに湯呑みを受け取って、少しずつ甘い湯を飲んだ。

足音が聞えた。客が来たのかもしれなかった。良順への客だろうと思っていると、別の医生が病室に顔を出した。

「内藤先生でいらっしゃいますか」

「え？」

歳三は、内藤隼人の名をもらっていたことを忘れていた。

「先程おみえになった方々が、またおみえになりまして。沖田さんのお見舞いにみえる方なら、内藤先生ではないかと仰有っておいでなのですが」

「そうです。わたしが内藤でした」

総司が笑った。

「すぐに戻ってくる」

歳三は、苦笑して立ち上がった。客は、永倉新八や原田左之助にちがいなかった。医生は、歳三を出入口に近い部屋へ案内した。黒檀のテーブルと椅子を置き、厚いカーテンで陽を遮った洋風の部屋で、歳三が重い木の扉を開けると、四つの影がむくむくと立ち上がった。

「副長――」

影がかすれた声で言った。永倉新八、原田左之助、矢田健之助、それに島田魁だった。無事でよかったと歳三は言おうと思った。が、言葉になったのは、お終いの方だけだった。

「局長も」

「無事だ」

「よかった」

同じ言葉を五人がそれぞれに言った。

「総司が待っている。離座敷《はなれ》に行こう」

「いや、その前に話があります」

「総司の前ではできねえ話か」

「連れて行くのは無理でしょうから」

「どこへ行くつもりだ」

「会津へ」

歳三は口を閉じた。総司が、新八達は良順に借金を申し込んでいたようだと言っていたが、金は会津へ行くための旅費にあてるつもりだったのかもしれなかった。

「副長。我々は甲府で敗れました。それも惜敗ではありません。完膚《かんぷ》なきまでと言ってもよいほどの負けでした。が、我々は戦いたい。が、戦えない。再度の敗戦が目に見えているからです」

「待ってくんな。その会津藩から、田中藩の加村陣屋を乗っ取ってくれという話がきているのだ」

「断って下さい。生き残りの人数だけで、何ができますか」

思いがけぬ長い議論となった。待っているにちがいない総司の顔が、ちらと脳裡をかすめたが、勇の来る前に、永倉や原田左之助を説き伏せておきたかった。が、勇は、新八が江戸城総攻撃があるならなおさら早く会津へ行き、戦さの準備をした方がいいと言っているところに到着した。

勇は、斎藤一から流山行きの経緯を聞いていたらしい。これで甲州の恥がそそげると、乗気にもなっていたのだろう。永倉の弁舌を不機嫌な表情で聞きながら、椅子に腰をおろした。

「それほど流山へ行くのがいやなのか」

「得策とは思えません」

永倉は、良順から借りた金の包みをテーブルに置いた。三百両あるという。会津へ行くためには、充分な金の高だった。勇は、金の包みを見ずに永倉を見た。

「俺は流山へ行く」

「我々は会津へ行きます」

「待て。会津行きは誰がきめたのだ」

「我々です」

「新選組の行先を、貴公らが決めるようになったのか」

おかしい――と、歳三は思った。今日の勇はどうかしている。勇は、こんな言い方をする男ではなかった。新選組のためにならない男や、勇に悪意をもつ男に難癖をつけるのは歳三の役目で、それをやり過ぎるなと注意するのが勇の役目であった筈だ。むっとした表情を隠そうともせぬ永倉と原田から目をそらせて、歳三は急いで口をはさんだ。

「近藤さん、そりゃ仕方がないさ。近藤さんがいなかったから、新八も仮に会津行きを決めたのだ」

「仮に決めたのなら、なぜ流山行きに従おうとせぬ」

「近藤さんらしくもねえ」

歳三は、わざと吐き捨てるように言った。

「新八にゃ新八の考えがあり、左之助には左之助の考えがある。ここにいる者がみんな、別々のことを考えていたって不思議はねえ。考えを言い合うのは、わるいことじゃねえと、俺は思うよ」

勇は、歳三まで永倉のかたをもつと思ったのかもしれない。切れ長の目を光らせて腕を組み、横を向いた。

「ならば、局長のわたしが意見をまとめる」

「いやだ。我々は会津へ行きます。どう考えても、我々の意見の方が正しい」

勇は、うっすらと笑った。

「いや、わたしの意見に従ってもらう。貴公らは、わたしの家臣のようなものではないか」

「何を言うんだ、近藤さん」

永倉はひややかに勇を見据えていたが、原田がテーブルを叩いて立ち上がった。

「もう一遍、言ってみろ」

永倉がそっと刀を引き寄せた。勇が気づかぬわけはなかったが、腕を組んだままだった。

「家臣とは何だ。手前《てめえ》、若年寄格の何のとおだてあげられて、のぼせやがったな」

「よせ、左之助」

「放っといてくれ、副長。俺あ、流山へは行かねえ。手前《てめえ》を殿様だと思っているような男の下で働くのは真っ平だ。新八と一から出直すよ」

行こう――と、原田が言った。永倉と矢田が荒々しく椅子をひいて立ち上がったが、島田魁は腰をおろしたままだった。

「どうした、島田」

魁は、蒼ざめた顔で永倉を見上げた。

「流山に――、流山に行きます。わたしは、副長の仰有る方が正しいと思う」

「勝手にしろ」

三人が部屋を出て行った。腹立ちまぎれに床を蹴っているような足音は、すぐに遠くなった。永倉と原田は、新選組結成当初からの隊士だった。いや、試衛館からの仲間だった。矢田健之助は昨年からの加入だが、伏見戦争をともに戦っている。

「行っちまったな」

と、勇が言った。

「歳さん。なぜ兼定を抜いてでも、新八や左之助をとめてくれなかった」

「俺は家来でも何でもいい。近藤さんについて行くよ」

「そんなことを言ってるのじゃねえ。新選組が甲府で負けたからといって、すぐに会津を頼って行くような情けない真似ができるか。新選組の近藤や土方が、尻尾を巻いたままで会津を頼れるか。一度、敵を破ってからでなければ、誠の旗が泣くぜ」

「すまねえ、近藤さん。俺が薄ぼんやりしていた」

鳥羽伏見の戦さで敗れたのは幕府軍だったが、甲州の戦さで敗れたのは新選組だった。新選組局長である勇は、伏見で歳三があじわった以上の屈辱を感じているにちがいなかった。歳三が気づかねばならぬことだった。気づいて、永倉新八や原田左之助を追いかけて行って、勇の胸のうちがわからぬのかと言うべきだった。

入ってもよいかという声がした。斎藤一だった。

中島登《なかじまのぼり》の居所がわかったので、流山へ連れて行きたいと言う。登は多摩郡八王子の生まれで、新選組に入隊後も江戸にいて、さまざまな工作をつづけてきた男だった。斎藤と働くには、うってつけかもしれなかった。

いそがしげに出て行った斎藤と入れかわりに、松本良順が顔を出した。少し前に戻ったのだという。立ち上がって良順を迎えた歳三と勇に、椅子へ腰をかけるようにすすめて、良順もゆっくりと腰をおろした。

「みんな聞えたよ。よけいなことをしてしまったようで、出るに出られなくなっちまった」

良順は特徴のある大きな目で二人を見て、首をすくめた。勇と永倉の言い合いは、良順の部屋にまで筒抜けとなったらしい。

「そのかわり――と言っては何だが、近藤さんのお手伝いもさせてもらうよ。わしにできることがあったら、何でも言ってくれ」

「お願いします」

歳三はその言葉に飛びついた。

「斎藤一が加村陣屋との連絡をとる前に、人数を集めるつもりですが、江戸では目立ち過ぎます。江戸にも流山にも近く、二百人くらいがひそんでいられる所をご存じでしたら、教えていただきたいのですが」

「わかった。すぐに探してみよう」

それが、江戸郊外、五兵衛新田《ごへえしんでん》の名主の屋敷であった。

夜の桜

満月であった。歳三は、馬に乗って綾瀬川にかかる橋を渡った。

五兵衛新田《ごへえしんでん》へ向かう人数は、勇や歳三を探して今戸をたずねてきた隊士を含めて、ざっと百人が集まり、歳三は、それを三隊に編成した。

五兵衛新田の名主、正確には名主見習の金子健十郎《かねこけんじゅうろう》が、その三隊の逗留を承知してくれたのだった。

良順は、金子健十郎が万事承知していると言った。健十郎に話をしてくれたのは、良順宅へ出入りの菓子屋、小島屋泉谷次郎左衛門《いずみやじろうざえもん》で、良順と小島屋とは長いつきあいであり、金子家は小島屋の親類なので安心して行けばよいと言っていたのだが、歳三が次郎左衛門に会ってみると、妙に歯切れがわるかった。その筈で、次郎左衛門は健十郎に、出入りの屋敷のお殿様を二、三日逗留させてくれと頼んだのだという。領国へ帰りたいのだが、時節柄、宿や人足にまで差支えて困っていると言ったらしい。

苦笑するほかはなかった。良順は、新選組を旗本諸隊の一つなどと言ってくれたにちがいないが、小島屋は、旗本隊なら江戸郊外にひそむことはあるまいと思ったのかもしれない。長年の得意先である良順の頼みを断ることもできず、健十郎にあやしい一隊だと話すこともできず、出入りの屋敷のお殿様という嘘を思いついたのだろう。

歳三は、島田魁、安富才助《やすとみさいすけ》らに相馬主計《そうまかずえ》を加えた四十八人を先発させた。相馬主計は笠間藩士の子で、一通りの礼儀もわきまえている上に弁もたつ。お殿様のお国入りと思い込んでいる健十郎は、先発隊一同を見れば話がちがうと言い出すにちがいなく、断ると言われた時に、穏やかに話をすすめられる筈だった。

歳三の見込んだ通り、相馬は、しぶる健十郎をうまく説き伏せたようであった。知らせをうけて昨日、今は大久保大和《やまと》となのっている勇の率いる一隊が出発し、すでに金子邸に入っている。今夜は、歳三が最後の一隊を率いてきたのだった。

五兵衛新田は、縦横に川の流れる水田の村だった。坂道の上から眺めると、水田の一つ一つに月が映っている。月を映さず、その光を砕いているのが綾瀬川で、川上にある小山のような黒い影が名主の屋敷なのだろう。橋を渡ったあたりが伊藤谷村《いとうやむら》と教えられてきたが、近くに家の影はない。道はゆったりとした下り坂になって、その左手に闇をいっぱいに含んだ林があった。

坂をおりたところで、道は名主屋敷の黒い影の方へ大きく曲がる。曲り角に、かたく戸を閉ざした小さな店があった。近づいてみると、店の屋根の上にまで枝をのばした桜が、しきりに花を散らしている。つめたい春だったが、この二、三日の暖かさで、いっぺんに咲き出したようだった。

歳三は、桜の木の下に馬をすすめた。歳三は豊玉《ほうぎょく》の名で、うまくはないが俳句をつくる。ひさしぶりに、句のうまれる静かな気分になりそうだった。
が、気がつくと、市村鉄之助が歳三を見上げていた。歳三付きの少年である。歳三が、道を間違えたのかと思ったらしい。歳三は、黙って馬の向きを変えた。ひとひら、ふたひら、桜の花びらが歳三の肩や馬の背から道に落ちていった。

金子邸に近づいて、小島屋が嘘をついてまで逗留先にしたことがよくわかった。大仰に言えば、さながら城郭だったのである。屋敷の周囲には高い塀と深い堀をめぐらし、細い道を隔てて出城のように寺がある。観音寺という金子家だけの寺であることが、のちにわかった。

歳三は、長屋門の外で馬をおりた。さすがに式台のある玄関はつくられていないが、出入口も堂々たる構えである。そこから急ぎ足で迎えに出て来たのが、当主で名主見習の金子健十郎のようであった。

「ようこそおいで下さいました」

ていねいな挨拶だったが、あきらかに警戒している。いったい何人が逗留するのかと心配しているのだろう。年の頃は歳三と同じ三十四、五か、日焼けした顔の、実直そうな男だった。

「大久保様がお待ちかねでございます」

その言葉の終わらぬうちに、勇が灯りの揺らぐ出入口に姿を見せた。

「遅かったな」

歳三は上り框に腰をおろした。小女がすすぎを持ってくる。勇はうしろに立って、歳三が足を洗うのを待っていた。座敷へ案内しようとする健十郎に手を振って、勇は先に立って歩き出す。想像以上に広い屋敷であった。

「総司はどうしている」

勇は、それが早く聞きたかったらしい。

「うむ。まあ――」

歳三は、曖昧な返事をした。勇は、あの日、江戸から離れる時は必ず連れて行くと総司に約束をさせられたようだった。が、病みおとろえた総司を、流山へ連れて行けるわけがない。勇は、とても総司の顔をまともには見られないと言って、総司に別れを告げる役目を歳三に押しつけた。歳三は、病気以外の言訳が見つからぬうちに総司の枕もとに腰をおろしたが、総司はすでに、置いてゆかれると覚悟していたようだった。

「もう一度、近藤さんに会いたかった」

「じきに会えるさ」

つとめてさりげなく答えると、総司は、やつれて人が変わったような顔に、この時ばかりは昔通りの、いたずらっ子のような笑みを浮かべた。

「だめですよ。もっと太って、もと通りのいい男になるまでは、わたしが会わない」

「なに、痩せていい男になったさ」

笑おうとしたが、唇が歪んだ。歳三は、声だけで笑った。それを、総司はどんな気持で見ていたのだろう。

鳥羽伏見の戦争後、大坂から船で引き上げて来る時に、最も気遣われたのが総司の容態であった。この時も総司は、皆と一緒にいられるのが何よりの薬だとはしゃいでいたが、江戸に到着する頃は目に見えて衰弱していた。それでも、静かな所で養生しろという勇の命令にかぶりを振って、一人になったらすぐに死んで、化けて出てやるなどと子供のような駄々をこねた。

もと通りのいい男になるまでは勇に会わないと言ったが、胸のうちでは、「近藤さん、約束を守ってくれ」と駄々をこねていたにちがいない。足手まといになることをおそれていた総司の心を思うと、総司の短い命をさらに短くすることになっても、連れて来てやった方がよかったのではないかと思う。総司は、新選組の一番隊隊長だった。病いに負けるより、陣屋を乗っ取って斃れたいだろう。

「一緒に行こうなんぞと言うんじゃなかった」

と、勇が呟き、歳三は聞えなかったふりをした。

「おそろしく静かな家だな」

「広い家の割りに奉公人の数が少ないのさ」

勇も歳三に話を合わせた。お互いに顔をそむけて目をしばたたき、長い縁側の途中で立ち止まった。勇が障子を開けた。

「歳さんの部屋だ」

「どうせ、二、三日で発つのだろう。俺はみんなと一緒でよかった」

「ま、いいじゃないか」

勇は、歳三にあてられた部屋に入って火鉢の前に腰をおろした。十畳の座敷だった。古色蒼然とした、が、名のある絵師に描かせたにちがいない山水の唐紙が閉められていて、その向うが勇の部屋らしい。唐紙をとりはらえば、二十畳の広間となる。

歳三が旅姿をとくのを見て、勇付きの田村銀之助が酒をはこんできた。

静まりかえった屋敷に、隊士達の笑い声が響いた。少し前に、酒が出たのだという。名主屋敷に入ったのは主だった者だけだが、観音寺や、近くにある金子の縁つづきの家に入った隊士達にも酒樽がはこばれたそうだ。

「先に茶をくれ」

と、歳三は言った。一礼して、銀之助は下がっていった。歳三は、勇と向いあって腰をおろした。勇は、火鉢の火をかきたてた。

「今日、佐々井殿から手紙が来た」

「佐々井？」

聞き返してから、歳三は思い出した。幕府直轄《ちょっかつ》の領地を管理する代官の一人に、佐々井半十郎という男がいる。支配地は武蔵と下総で、五兵衛新田もその支配下に入る。五兵衛新田の村役人はおそらく、大久保大和となのる武士の一行が金子健十郎宅に到着、逗留していると知らせているだろう。佐々井半十郎から、それを確かめる書状が届いたのだと思ったが、ちがっていた。

「しばらく五兵衛新田に隠れていろと言ってきた」

「隠れていろだと？」

「うむ」

銀之助が、茶を持って入ってきた。歳三は、銀之助が下へ置かぬ先に茶碗を取り、熱い茶をすすった。

「移動する時には、許しを得てからにしてくれと書いてあった」

「佐々井殿がなぜそんなことを知っている」

「いずれ下総流山へ移転したい旨を届け出たじゃないか。上の方から佐々井殿に知らせがあったのだろう」

では、流山へは行けぬのか。

勝海舟は、ひそかにアーネスト・サトウと会っていた。勝がどういう話をしていたのかはわからない。が、今日、三月十五日の江戸城総攻撃は避けられた。密偵の話では、三月十三日に西郷吉之助が三田の薩摩藩邸に入り、その日と翌十四日に勝がたずねていったという。勝と西郷の会談で江戸城総攻撃が避けられたのは間違いないが、イギリスが動いたことも間違いない。

見事な海舟の手腕と言ってよいだろう。が、海舟は、慶喜を罪人にしてその罪を詫びさせているのである。少くとも、歳三にはそう見える。罪人の罪を軽くしてもらうには、ひたすら恭順するほかはない。新選組に、藩主が東征軍から駿河城代を申しつけられている田中藩の飛地へ行かれては困るだろう。

「良順先生からも流山への移転を願い出て下さいと、今戸に使いを出しておいた」

「その方がいい」

良順には、歩兵奉行並海陸軍軍医総長といういかめしい肩書がある。薩長が乗り込んできたら江戸にゃ住めねえと言っている男でもあった。彼なら、陸軍奉行並の松平太郎に連絡をとってくれるだろう。松平太郎は、終始、抗戦を唱えている。

「飲むか」

と、勇が言った。

「うむ」

勇は、嬉しそうな顔で銀之助を呼んで、酒の支度を言いつけた。健十郎宅に入った隊士達の笑い声が聞えてきた。勇の酌で飲む酒はうまい筈だった。

翌日、歳三は、地図をふところにして周辺を見てまわった。その帰り道、しきりに花を散らしていた桜を思い出した。一句詠もうとしたことが脳裡をよぎり、そばに誰がいるわけでもないのに、てれたような笑みが浮かんできた。

今も、矢立てと半紙を持っている。勇には地図にないことを書き込むのだと言ってきたので、なおてれくさくなった。が、足は、当然のように坂道をのぼって行く。

女の声が聞えた。悲鳴ともとれる声だったが、罵声だった。おそらく男を罵っているのだろう。歳三は坂道を駆けた。

予測した通りだった。隊士が女に襲いかかっていた。それも、四人がかりだった。散り敷いた桜の花びらの上に女を倒し、一人が馬乗りになって、二人が起き上がろうともがく女の手を押えつけているのである。

「ばかやろう。くず」

女はそんな言葉をわめいて、唾を吐いた。馬乗りの男が女を殴った。

「よせよ」

女の足許に蹲っていた男が薄笑いを浮かべて立ち上がった。

「せっかくのいい女を、殴って痣《あざ》だらけにしちゃ興醒めだぜ」

男は袴を脱いでいた。歳三は、一番近くにいた男の肩に手をかけて仰向けに倒し、その隣りの男を蹴倒した。女の手を押えていた男達だった。

「何をしやがる」

凄もうとした隊士の顔が蒼ざめた。

「な、内藤先生」

「内藤だと？」

馬乗りの男を女からひきずりおろし、力いっぱい殴りつけると、袴を脱いだ男が、そばに置いてあった刀を拾い上げた。

「殺《や》れ。どうせ、逃げるつもりだったんだ」

その男の顔にも、馬乗りになっていた男の顔にも見覚えがあった。五兵衛新田へ来る前に加わった、御家人《ごけにん》くずれだった。博奕《ばくち》と女で身をもちくずしたが、人に借りをつくるようなことだけはしないと笑っていたのと、剣の腕が図抜けていたのとで歳三が加入させた。見覚えのない二人は、腰を屈めて刃を歳三に向けていた。武士の構えではない。御家人くずれの二人と行動をともにしていた遊び人だろう。彼等を加入させた覚えはなく、御家人くずれが採用されたと偽って、連れてきたとしか思えない。いずれも流山まで行く気はなく、支度金めあての入隊だったにちがいなかった。

新選組をなめるなよ。

店の裏へ走った。店の裏には雑木林があり、井戸などもあって、四人がいっせいに動くことはできない。三月十五日、満月の桜に思わず馬をとめた時、ひとりでに周辺の光景が頭に入っていたのだった。

歳三のふりむきざまに兼定が光った。四人の先頭にいた遊び人の一人が膝をついて倒れ、逃げ出そうとしたもう一人の遊び人の背へも、兼定が尾を引いて光った。

歳三の剣は、勇や総司の陰に隠れているが、言訳ではなしに、それは勇や総司の力が突出しているからだと思う。総司ほどの使い手にかなわなくとも恥じることはない。ただ、二人の御家人くずれに負けるようでは、新選組副長の名に恥ずかしい。

歳三は勝った。二人の御家人くずれは、倒れた地面の上でもがいていたが、歳三は、女のもとへ戻った。

女も、地面に俯伏せていた。藍色の滝縞《たきじま》を着た肩が震えている。歳三は、女を抱き上げて店の中へ運んだ。店は、食べ物や荒物のほかに炭や塩まで売っていて、家の中はおろか軒下まで商売物が並べられている。おそらく隊士達のしわざなのだろう、稲荷鮨や海苔巻、それにざるや草鞋《わらじ》などがちらかっていた。歳三は、女をその店の座敷へはこんだ。

女は、黙って背を向けた。歳三は、その袂に、血の色のしみのついていることに気づいた。自分の着物についている、返り血の色だった。歳三は、裏口から外に出た。井戸のそばに二人の男が斃れているが、桜は素知らぬ顔で花びらを散らしている。水が汲まれたままになっているつるべの中にも、井戸端の桶の中にも花びらがあった。歳三は、水を桶にあけて顔と手を洗った。花びらの浮いている水が、薄紅色に染まった。

人の気配がした。歳三は、つるべに手をかけてふりかえった。裏口の戸の向う側に、女が立っていた。隊士に殴られた頬は赤く腫れ、唇にはは血がにじんでいる。あわててかきつけたらしい髪はまだ額や首筋に垂れかかっていたが、くっきりとした目鼻立ちの女だった。滝縞という粋な着物を着こなしているくせに、武家の出と言っても通りそうな品がある。

女も、意外そうな表情を浮かべた。

「さっきはお前さんも、あいつらと同じ人殺しの目をしていると思ったけど、そうでもなかったんだね」

歳三は、黙って横を向いた。

「助けてくれて有難うよ。が、ほかのやつらにも言っといておくれ。うちの商売物は、金を払ってから持ってゆくようにってね」

女は、持っていた手拭いを歳三に投げつけて戸を閉めた。心張棒をおろす音が聞えた。

頬を雫がつたって落ちた。歳三は、顔を洗っているところだったことを思い出した。女が投げつけて渡してくれた手拭いを頬にあてると、袖にでもたきしめていたらしい香《こう》の匂いが移っていた。

金子邸へ帰った歳三は、島田魁を呼んで空地の死骸を片付けるよう言いつけた。魁は、すぐに出て行った。その大きな後姿を見送って、歳三は台所をのぞいた。若い女中が、たすきがけで板の間を拭いていた。

「聞きたいことがあるのだが」

顔をあげた女中が、歳三を見て、嬉しそうに笑った。健十郎宅の女中達が歳三と一夜を過ごせたら死んでもいいと言っていると勇が言っていたのを思い出して、歳三は横を向いた。

「伊藤谷村の曲り角にある店は、何というのだ」

「この辺じゃ、出店って呼んでいますけど。名前なんかないんでしょう、きっと」

女中は、声をたてて笑う。何でもおかしい年頃なのかもしれなかった。歳三は、笑い声のやむのを待った。

「その店の主人だが……」

「小父さんが何かしたんですか」

「いや、女の方だ。二十七、八の」

「ああ、お美乃さん」

娘は、意味ありげにうなずいた。

「ひどい口のきき方をするでしょう。お美乃さんが先生に何か言ったんですか」

「あの店の娘か」

「とんでもない」

娘は、頭と手を同時に振った。

「小父さんがあずかっているんですよ。主筋の娘なんで、しょうがないんですって。小父さんも困ってるんじゃないんですか」

お美乃さんは――と娘が声をひそめた時、歳三を呼ぶ市村鉄之助の声が聞えた。ここだと言いながら、歳三は台所を出た。

「先生。江戸から手紙が届きました」

「良順先生からか」

「いいえ、違います」

歳三の脳裡から、美乃の顔が消えた。


手紙は、江戸にひそんでいる隊士からのものだった。つまらぬと思った噂でも、自分で判断せず伝えるようにとの歳三の指示を守って、手紙は今日十六日の風聞として、板橋に逗留中の勅使が十九日には小石川伝通院か音羽の護国寺に入るらしいことと、薩摩藩士の狼藉《ろうぜき》を知らせている。そのあとに、一昨日十四日の風聞として三つの事件が記されていた。一つは三田の薩摩藩邸に四百人あまりの人数が入ったことであり、もう一つはやはり三田の久留米藩邸に長州の人数、およそ六十人が入ったらしいということだった。

残る一つは、笑えぬ笑い話であった。十四日の朝、芝田町《たまち》の自身番へ薩摩藩士六人ほどがあらわれて、町役人に見廻り場所へ案内せよと言い、煮売り屋の五兵衛の家へ行ったというのである。薩兵が、新選組の探索にあたっているのだった。が、江戸の地理にくらい薩兵は、五兵衛新田の五兵衛を人の名前と間違えたのである。薩摩屋敷のある三田に屯所をおくものかと思ったが、十四日の朝といえば、近藤勇ですら五兵衛新田に来ていない。先発隊の到着が十三日の夕刻で、薩兵は、わずか半日の間に新選組が五兵衛と名のつくところへ移動したと知ったことになる。

歳三は、手紙を持って勇の部屋へ行った。江戸郊外の地図を見れば、新田の名として五兵衛ものっている。薩兵がどれほど江戸の地理にくらくても、すぐにその間違いに気づくだろうが、「あわてるな」と勇は言った。

「じきに流山だ。良順先生も動いて下さっている」

「だが……」

斎藤一からの連絡はまだ来ない。五兵衛新田へ来る前に新しく募集した隊士は、訓練中であった。しかも、出店の女を襲うような男達も混じっている。万一、薩兵が五兵衛新田をかぎつけて押し寄せてきたならば、烏合《うごう》の衆と言ってもよい今の新選組では、ひとたまりもなく敗戦となる筈であった。

翌日、歳三は、蟻通勘吾を流山へ向かわせた。陣屋の佐幕派と斎藤との手筈が、どのあたりまで整っているか調べさせるためだった。勘吾は、その夜遅く帰ってきた。持ち帰ったのは悪い知らせだった。十五日の江戸城総攻撃が避けられたため、陣屋内に、これ以上東征軍に敵対することはないという声が強くなったのだという。国許がいち早く恭順の道を選んでいるのに、飛地の代官所がいつまでも逆らっていたところで仕方があるまいと、抗戦の考えを捨てた者も多いらしい。本隊の到着、陣屋佐幕派の内応、攻撃、乗っ取りという手筈の佐幕派内応でつまずいているのである。

歳三は、翌十八日、舟をしたててもらって今戸へ行った。良順は家にいて、歳三の顔を見ると、「来るだろうと思っていたよ」と、頭をかいた。

「流山移転のお許しはまだか、というんだろう? 早くいい返事を聞かせてやりたいと思っているのだが、上の方からまだ何も言ってこない」

移転の希望は、陸軍奉行並の松平太郎の耳に入れたという。が、今日まで何の返事もない。江戸城の明け渡しで松平太郎もいそがしいのだろうが、あれから顔を合わせたこともないのだという。

会津藩邸も、加村陣屋の内情を調べていたらしく、十九日に柿沢勇記が報告にきてくれた。勘吾が斎藤から聞いてきたことと大同小異だった。

伊庭八郎がたずねてきたのは、その翌日、二十日のことだった。ちょうど使いから帰って来た市村鉄之助に、内密に歳三を呼んでくれと頼んだようで、怖いお顔をなすっていましたと、鉄之助は低声で言った。

勇は留守だった。じっとしていては軀がなまると言い、隊士の訓練に加わるつもりで出かけたので、しばらくの間は帰って来ない。歳三は、八郎を自室へ案内させた。曇り空のむし暑い日で、八郎は、衿にまで汗をにじませていた。

「よけいなお節介かもしれねえが」

鉄之助がはこんできた麦茶を一息に飲み、なお噴き出した汗を拭いながら八郎は早口に言った。

「いやなことを思い出させてすまねえが、近藤さんが甲府から引き上げてきた時、八王子で、人見さんに会っただろう」

覚えている。人見は井戸の水を飲んでいた。

「あの日、人見さんは江戸に着くとすぐお城に上がり、軍事取扱の勝さんと会計総裁の大久保さんに会ったそうだ。その時、大久保さんが何と言ったと思う」

「わからねえ」

「わからねえって言葉をあっさりと口にするな。大久保さんは、近藤の行方を知らぬかと、何気なく尋ねたそうだ」

尋ねられた人見勝太郎は、大久保一翁のあまりに何気ない口調にかえって警戒をした。まるで心当りがないと、咄嗟に嘘をついたのである。大久保は苦笑して、勇が東征軍と戦ったことを慶喜が激怒していると打ち明けた。

「上様は、これまでのご謹慎が無になるのではないかとご心配なされ、近藤の首をうって東征軍に差し出せと仰せられたのだそうだ。上様が、ほんとうにそう仰せられたかどうかは知らねえ。が、そう仰せられたのなら、近藤さんをかばうのが当《あた》り前《めえ》じゃねえか。それを、手《て》前《めえ》だけいい子になりゃがって、困ったものだとしゃあしゃあと言ってやがったとか」

「屯所に戻った時、妙な男がうろうろしていたわけがわかったよ」

「腹が立たねえのか、歳さん。金と大砲を寄越して甲府へ行けと言ったのは、手《て》前《めえ》達じゃねえか」

「まあ、もう一杯麦茶を飲め」

歳三は、手を叩いて鉄之助を呼んだ。

「俺にまた汗をかかせる気か」

「酒がよけりゃ酒を出すぜ」

「昼間っから赤い顔で歩けるか」

「なあ、八郎さん」

と、歳三は言った。

「大久保――いや、大久保さんは、近藤の首を討つというせりふを、人見さんにひろめてもれえてえだけだったのかもしれねえ」

「何だと」

「考《かんげ》えてみねえな。ここで近藤さんの首をうったら、徳川のために戦おうという人間はいなくなっちまうぜ」

「それが狙いじゃないのか。ひたすら総督府に許しを乞いたい奴等にとっては、徳川家《とくせんけ》のために戦うと言う者は、邪魔にしかならねえ筈だ」

「が、徳川家のために戦うと公言している遊撃隊や彰義隊がいるから、江戸は何とかおさまっているのだ。勝さんや大久保さんも、その辺のところはよくわかっているにちげえねえ」

「では、何が狙いだ」

「遊撃隊やら彰義隊やら、旗本諸隊だよ。近藤さんが甲陽鎮撫隊を率いて甲府へ行ったことは、誰でも知っている。勝さんや大久保さんがどうごまかそうと、甲陽鎮撫隊が幕府の指示で動いたこともわかっている。が、負ければ賊軍だ。負ければ上様のご迷惑になるだけだ。

だから、古屋さんの率いる歩兵十一、十二聯隊も、梁田《やなだ》で敗れると衝《しょう》鋒隊《ほうたい》と名を変えて、北陸へ向うほかはなかったのだ」

「それで」

「徳川家のための戦さであるなら、負けてはならない。――これで遊撃隊も彰義隊も、簡単には動けなくなる」

「なるほど、そういうことかもしれねえ」

鉄之助が麦茶をはこんできた。喋っているうちに、またのどがかわいたのかもしれない。八郎は、盆の上の湯呑みへ手をのばした。

「さて、もう一度大汗をかいて戻るとするか」

「待て。涼しく帰らせてやる」

歳三は、健十郎に頼んで舟をしたててもらった。八郎は、子供のように喜んで舟に乗った。船頭に早くすわれと言われているのだろう、うしろをふりかえってうなずきながら、いつまでも舟着場の歳三に両手を振っている。

歳三も手を振った。これが八郎の両手を振る姿を見る最後になるとは、夢にも思わなかった。

流山への出発を勇にすすめたが、やはり、勇は首を横に振った。返事を催促する手紙を佐々井半十郎宛に出したといい、許しのおりるのを待つというのである。返事は二十五日に来た。二十四日付けの佐々井半十郎の書状が松本良順に届き、医生が五兵衛新田まで持ってきてくれたのだった。

良順は、五兵衛新田は勇の隠れ場所としては不適当であると言ったらしい。半十郎は、やはり今までの場所に隠れていてもらいたいと書き、それが松平太郎の意見でもあると記していた。

「隠れ場所だと？」

その言葉によほど腹が立ったのかもしれない。勇は、歳三が驚くほど声を荒らげて叫んだ。

「なぜ流山へ行くのか、もう一度よく教えてやる」

勇は、田村銀之助に墨をすらせた。加村陣屋に新選組が入る必要のあることを、一気に書き上げた。その言葉の勢いに、おそれをなしたのかもしれない。はじめて三十日に、勇宛の返事が届いた。勇は一読してむっとした表情になり、歳三に書状を差し出した。

「利根川（現在の江戸川）向う移転の儀承知」

と、半十郎は書いていた。が、そのあとに、考えるところもあるので動かずにいてくれと、松平太郎が言っているとつづいているのである。先に届けられた良順宛の書状と変わるところがなかった。

「歳さん。もう待っちゃいられねえ、流山へ出発だ」

「わかった」

意外ななりゆきであった。歳三は、出発を四月二日の朝ときめ、会計方の安富才助を呼んで、荷造りと食糧調達を言いつけた。また借金ができますがと、才助は苦笑した。江戸で隊士を集めた時に、かなりの金を使ったらしい。

「借金の言訳で、わたしはずいぶん口が達者になりましたよ」

才助は、妙な自慢をして立って行った。まもなく、人足や馬の手配を健十郎に頼んでいる大声が聞えてきた。

健十郎は、何もかも承知の上で才助に言いくるめられてくれたようだった。明日は出発という四月一日に、祝いの席を設けてくれたのである。勇と歳三の膳の上には、借金を残したまま発つ者につく筈のない、鯛の焼き物までのっていた。半月もの間、同じ屋根の下で暮らしていたのだから――と、銚子を持って挨拶にきた健十郎は、にこりともせずに言った。

和やかな宴となった。が、門出を祝う酒が一同の盃につがれた時だった。ためらいがちに座敷へ入ってきた女中が、健十郎を呼んだ。裏口を指さしているところをみると、呼びもせぬ客がきたらしい。健十郎の唇が「追い返せ」というかたちに、動いた。

歳三と健十郎の視線が出会った。健十郎は、思い直したように近づいてきた。

「出店のお美乃が来ているそうです。女中も帰れと言ったらしいのですが」

健十郎は、眉間に皺を寄せた。

「大事な用があると言い張って、帰らぬとか。ご迷惑でしたら私が帰らせます」

「いや、いい」

歳三は盃を置いた。流山行きが順調にきまらず、忘れるともなしに忘れていたが、あの女には借りがある。隊士の乱暴も詫びねばならないし、手拭いの礼も言わねばならなかった。

庭下駄を借りて裏口へ向かった。暮六つの鐘が鳴った。大名屋敷のような庭の池や築山におりている夕闇が、また少し濃くなった。歳三は、懐手《ふところで》のまま裏木戸を押した。

美乃は、舟着場に立っていた。藍色でこまかい紗綾形《さやがた》を染めだした着物をまとっている。ふりかえった白い顔が、薄闇の中にくっきりと浮かびあがった。

「東征軍が来ているよ」

歳三は絶句した。

「用事はそれだけ」

言い捨てて歩き出した美乃を、歳三はあわててひきとめようとした。美乃の手が触れた。濡れているように、つめたい手であった。美乃は、歳三の手をふりはらおうとせぬかわり、ひややかな目で歳三を見た。歳三は、我にもなくうろたえて手を離した。

「そっちに用事がなけりゃ帰るよ」

「店へ帰《けえ》る気か」

「ほかにどこへ帰るんだい。明日は江戸へ帰るけど」

「そんなことを聞いているんじゃねえ。お前《めえ》が東征軍の兵に気づかれていたら、店へ戻るのはあぶねえと言ってるんだ」

「気づかれたどころじゃない」

美乃の声が低くなった。

「林で東征軍の兵士に出会《でくわ》して、あわてて飛んできたんだ」

「店の親爺は」

「いない。夜釣りに出かけたから、朝まで帰ってこないよ」

「どこの川だ」

「わたしは知らないけど、ここの若い衆なら知っているかもしれない」

歳三は、美乃の手を摑んで木戸の中へ入った。勇と健十郎を呼ぶ。

「出立だ、近藤さん」

歳三は早口に事情を説明して、健十郎には、出店の主人を若い衆に探させ、美乃と一緒に泊めてやってくれるよう頼んだ。健十郎は緊張した面持ちでうなずいて、若い衆を呼びに行った。

歳三は、庭下駄を草鞋《わらじ》にはきかえた。出発の用意ができるまでに、東征軍の人数を探ってくるつもりだった。月の出ない朔日《ついたち》の夜の闇はさらに濃くなって、星のまたたきが明るくなった。舟着場へ出て闇を透かして見たが、この屋敷のものだったという古い舟が二艘、葭《よし》の生い茂った向うに引き上げられているほかに舟の影はない。

川岸に沿って歩き出そうとして、背後に人がいることに気づいた。歳三は、少し歩いて足をとめた。かすかな足音も、急にとまった。

「帰《けえ》れ」

と、歳三は言った。うしろに誰がいるのか、ふりかえらなくともわかった。美乃だった。健十郎が若い衆を探している間に、木戸から出て来たのだろう。

「俺についてきて、何をするつもりだ」

「別に」

美乃の足音が近づいてきた。

「男を追いかけるのは、わたしの性分《しょうぶん》なんだよ」

「ことわる」

「東征軍のようすを探りに行くんだろう？　わたしがよけいなことを知らせたために、お前さんが死ぬようなことになったら、寝覚めがわるくってしょうがありやしない」

「線香の一本もあげてくれりゃいい。化けて出やしねえ」

「化けて出てくれたっていいけどさ」

美乃は、歳三と肩を並べた。

「東征軍は、あの林の中だよ。どうせ行くなら、手でもつないで行こうじゃないか」

「放《ほ》っといてくれ」

「この星明りじゃ、林の中は真暗だよ。男と女が入って行くには、ちょうどいいところだ。わたしと一緒の方が、無事に林から出てこられるかもしれないよ」

美乃は、小さく笑った。

「いいのか」

と、歳三は言った。

「ほんとうに、そんなにあぶないことをさせていいのか」

美乃は、もう一度小さく笑った。

「もういらないと思っていた軀だけど、あんたに助けてもらったから」

もういらない軀？

歳三は、胸のうちで繰返した。

ということは、死んでもよいと思っていたのか。

歳三は、肩をならべて歩いている美乃をそっと見た。さすがに緊張してきたのだろう、美乃は白い頬をひきつらせていた。その美乃が、ふいに歳三を見た。そこから上がれと、芒《すすき》の葉の生い茂る堤を指さしてみせる。音をたてぬように這い上がると、伊藤谷村の道で、道を横切ると林に入る。

美乃の手が歳三の手をさぐった。手をつないで行こうとは言っていたが、その手が震えている。手拭いと同じ香《こう》の匂いが、歳三の鼻先を漂った。

「行くぞ」

美乃は黙ってうなずいた。わずかな風が、木の葉を揺すって通り過ぎた。地面に落ちた病葉《わくらば》がその風に吹き寄せられるのか、足もとでもかすかな音がする。

歳三は、全身を耳にした。

聞えた。風の音でもない、木の葉のそれでもない音がある。布のこすれる音、人が動いて布がこすれあう音が確かにあった。

「何だ。何の用だ」

思いもよらぬ近さで人の声がした。美乃の手が、歳三の手を握りしめた。それより強く握りしめてやると、安心したように手を離した。

歳三は、刀の柄《つか》に手をかけた。

「新選組がいると、千住《せんじゅ》へはもう知らせたのか」

薩摩訛りではない。彦根あたりの国訛りだった。同じ訛りを持つ声が、千住へ行った男の名前を答えた。東征軍の聯隊が、千住に駐屯しているようだった。

「だが、あの屋敷にいるのはほんとうに新選組だろうな」

「付近の者は、そう言っている。いずれにしても賊軍だ。明朝、本隊が到着しても、従わぬようなら屋敷ごと大砲で吹っ飛ばすことになる」

「距離ははかっておいたか」

「橋のたもとに大砲を据えれば、弾は充分に届く」

帰るぞ。

歳三は、美乃の手を握って合図を送った。そっと、踵を返す。つめたい手が、また歳三のそれを握りしめた。

左手に人の気配がした。しかも、闇を薄くにじませている明りがある。提燈に袢纏《はんてん》でもかぶせてあるのだろう、だんぶくろの足らしいものがぼんやりと見えた。東征軍の兵は、出店に誰もいないと知って提燈を持ち出したようだった。

明りを避けて、歳三が右に寄った時だった。兵の一人があやまって提燈を蹴り、にぶい明りが地を這うように飛んできた。歳三は、美乃の手を力まかせに引いて、近くの木の陰に飛び込んだ。が、間に合わなかった。提燈は、歳三の立っていたあたりに落ちて燃え上がった。

「誰だ」

一瞬、姿を見せた三人の兵が銃を構えた。その後にあった影が二つに分かれ、分かれた影は、刀をぬきはなったらしい青白い光の尾を引いて近づいてくる。

「新選組か」

「人殺し——」

美乃が、すさまじい悲鳴をあげて、歳三に抱きついた。

「お前さん、どうしよう。わたしの亭主が、ごろつきをやとったんだよ。ごろつきを雇って、わたし達を殺そうとしているんだよ」

「女か——」

提燈の炎が消え、兵達の姿も闇の中に消えた。

「お美乃、逃げろ」

「あいよ、お前さん」

美乃の手が素早く動いて、歳三の腰から刀を鞘ごと抜き取った。明かりに照らされた時の用心をしたにちがいなく、袂にくるんで走り出した。丸腰となった歳三は両手で裾を端折《はしょ》って美乃の足音を追った。

兵達の嘲笑《わら》う声が聞え、石が投げられた。ろくでなしの男が夫のある女と密会をしていたと思ってくれ。

林を抜けた。歳三は、美乃の抱えていた刀を受け取って、堤の下へおりた。美乃は、川岸の葭《よし》をかきわけて蹲った。張りつめていた気持が、一時《いちどき》にゆるんだようだった。いつ切ったのか、葭の葉のしわざらしい頬の薄い切傷に、赤い血がにじんでいる。

「すまねえ」

歳三は、美乃の頬の血を指先で拭った。美乃は動かなかった。歳三も葭の中に蹲った。風のかたまりが幾つか通り過ぎて行った。狂おしい気持をかろうじて抑えて、歳三は頬の傷口に唇をあてた。美乃が動いた。美乃の方から唇に触れてきたのだった。品のよい香《こう》の匂いが漂った。

「江戸へ帰《けえ》れ」

と、歳三は言った。

「待っている者もいるだろう」

答えはなかった。

「とし。いるのか、とし、とし」

勇の声だった。美乃が、顔をそむけて立ち上がった。歳三は川の中に入って、闇を透かして見た。二艘の舟が、葭に隠れるように川岸近くを進んでくる。

「ここだ」

歳三は手を振った。

「とし、としか。女も無事か」

「ああ」

もう一艘の舟に乗っている影は、勇よりはるかに大きい。島田魁のようだった。歳三は、葭のしげみに戻った。美乃は、川に背を向けて立っていた。

「舟が来た」

あいかわらず答えはない。

「江戸まで送らせる」

歳三は、美乃を抱き上げて川の中へ入った。大きな影が、舟に美乃の坐る場所をつくっていた。

「無事を祈っている」

ようやく美乃が口を開いた。

「内藤さんこそ、ご無事で」

「俺は」

歳三は、星明かりの下の美乃を見た。白い頬の傷口はもうかたまっていて、舟べりにかかった紗綾形《さやがた》の袂から、かすかに香《こう》が漂っていた。

「俺は内藤隼人じゃない。新選組の土方歳三だ」

美乃は黙っていた。船頭が竿をさし、舟が川面を滑り出した。

霧の中

下総流山宿は、醸造の町である。同時に江戸川を利用して、周辺の諸国でとれた米や野菜を江戸へ積み出す水運の町でもあった。下総の田舎町とは思えぬほどの賑いを見せる町へ、歳三は陸路から入った。鉄砲荷駄《にだ》を含む一隊が、歳三に従っていた。

途中、すぐ前を行く隊士の姿もかすむほどの濃霧になやまされ、予定よりも少し遅れての到着だった。舟着場は、とうに目を覚ましていた。味醂《みりん》の積み出しか、威勢のよい人足のかけ声がひびき、船頭を目当てに食べ物を商っている小舟が、幾艘も川を往き来している。川岸に軒をつらねる料理屋の看板だけが、まだ掃除もされずに眠たげだった。

大砲を乗せた舟とともに水路をとった近藤勇は、夜の明ける頃に着いたことだろう。思いがけない早い到着に、斎藤一も中島登も驚いたにちがいない。二人の宿所は、このあたりに多い造り酒屋であった。屋号は長岡屋だという。街道に面しているとの連絡が入っていて、探すまでもなくすぐにわかった。馬のいななきや荷駄の物音を聞きつけたのだろう。斎藤と中島が迎えに出ていて、店の裏側へ案内してくれた。空地のような広い庭に、幾つもの蔵がならんでいて、斎藤と中島は、その一つを借りているのだった。突き当りが川堤で、江戸川が流れているという。醸造と水運の町らしかった。

「加村陣屋とは、十丁（一キロ余り）と離れていません」

と、斎藤が言った。

「街道から見えた高台が陣屋だろう。向うからは、こちらのようすがよく見えてしまうのじゃねえかえ」

「それを心配したのですが」

斎藤は、髭の濃い口許をほころばせた。

「わたしも中島も、脱走兵のようすを探りに来たことになっています。あとからくる一大隊は、脱走兵鎮撫のために駐屯することになったと言い触らしておきました」

「なるほど」

と言ったが、歳三は納得していなかった。数少なくなったという陣屋内の佐幕派も、鎮撫隊がくると口裏を合わせてはくれたのだろうが、それをどこまで信じてくれるか。やはり一揆鎮撫と言って逗留していた五兵衛新田にも、新選組がいると東征軍がきたのである。美乃が知らせてくれなければ、健十郎宅は、健十郎の家族や奉公人もろとも、吹き飛ばされていたのだった。

「鎮撫隊の宿所にしては、少し狭いのですがね。局長も副長も、あの蔵の二階で寝起きしていただきます」

おもだった隊士は蔵の一階を利用し、他の隊士達は、近くの寺へ入れるように手配したと斎藤は言った。

荷駄の始末や、隊士達の宿所の割当を斎藤と中島にまかせ、歳三は蔵に入った。酒蔵なので暗いのはやむをえなかったが、板の間には薄《うす》縁《べり》が敷かれている。思ったほどの臭気もなかった。

「早く上がって来いよ」

足音を聞きつけた勇が、階段の上から顔を出した。二階には畳も入っていて、小さいながらも机が置かれ、行燈や煙草盆などの道具も揃っている。開け放った窓から射し込む日の光は思いのほかに明るく、宿所としてはわるくなかった。

ただ、身をのりだせば川まで見渡せる筈の窓に、格子がはまっていた。外をのぞこうとしても、厚い壁に視界が遮られて、正面の隣家の庭と空以外は何も見えない。腐っていてくれればと格子をゆすってみたが、こゆるぎもしない。歳三は斎藤を呼んで、とりはずしてもらうように言った。斎藤は、頭をかきながら階段をおりていった。

その窓から、庭を横切ってゆく斎藤が見えた。長年のつきあいのような気軽さで、母屋へ入って行く。勇は、旅装もとかずに窓の格子をゆさぶっている歳三を、笑って眺めていた。細かなことに口うるさくなったのは、京へ行き、新選組副長となってからで、もともとおおまかな勇は、歳三の進言に、すべて「よかろう」とうなずいていたものだ。斎藤は、明日、職人をたのむという長岡屋の主人の返事を持って戻ってきた。

昼過ぎに、板橋へ出しておいた密偵が到着した。五兵衛新田の兵に関する知らせを持って帰ったのだった。東征三軍のうち、板橋に総督府をおいている東山道軍が、宇都宮藩勤王派の要請をうけて救援隊を送ることになり、その救援隊が千住で五兵衛新田に駐屯中の兵がいることを知ったらしいという。新選組ではないかとの噂もひろまっていたようだ。

少し長くなりますがと、前置きをして密偵は言った。宇都宮藩は、慶喜の助命嘆願に上京した藩主が大津で謹慎を命じられている。その供をしていった藩士達も大津で身動きがとれずにいるのだが、そこへ会津の砲兵隊が南下してきた。藩論は佐幕とも勤王ともまとまっていない。勤王派藩士の一人県勇記《あがたゆうき》が救援を求めて総督府に駆けつけた。東山道軍参謀の伊地知正治《いじちまさはる》が県と会い、すぐに救援隊を組織した。軍監香川敬三《かがわけいぞう》、平川和太郎、斥候《せっこう》有馬藤太、上田楠次《うえだくすじ》など、二百名ほどの一隊で、これが四月一日に千住まで進んだのだという。五兵衛新田にいたのは斥候隊で、彦根藩兵と信州須坂藩兵であった。

「彦根だと」

と、思わず歳三は言った。彦根藩の先代藩主は大老井伊直弼《いいなおすけ》で、日米修好通商条約が締結調印されたのは、彼が大老の座にあった時である。直弼はどちらかといえば攘夷の意見の持主であったようで、すすんで開国したわけではないという話も聞いたが、将軍継嗣《しょうぐんけいし》の問題もからんで、当時攘夷派の中心にあった水戸藩を徹底して弾圧した。安政七年三月三日（この月十八日に万延と改元）、登城の途中を襲われた。桜田門外の大雪が赤く染まったそうだ。

今から八年前のことである。その後、水戸藩は長州藩と結んで攘夷の先頭に立つ。薩摩、長州の力が強い東征軍の中にいる彦根藩兵の胸に去来するものは何なのだろう。

「今朝早く、救援隊からわかれた一隊が金子邸へ押しかけましたが、主人の健十郎は留守、得るところなく引き上げたようです」

と、密偵が言っていた。

「救援隊の本隊は？」

「越谷《こしがや》から粕壁《かすかべ》に向かっています」

歳三は、粕壁周辺にも密偵をはなっている。救援隊は、流山側に密偵を出しているだろう。その密偵が、脱走兵鎮撫のための一隊が駐屯するという触れまわしを信じるかどうか。粕壁への密偵二人が戻ったのは、夜になってからだった。密偵は口を揃えて、「東征軍は、明日古河《こが》へ向かう」と言った。流山に鎮撫隊が入ったことも知らぬらしく、今夜は粕壁に宿営、明日の早朝に出発の予定になっているという。

「そうか」

胸を撫でおろした。斎藤は、できれば寄せ集めの隊士に訓練をさせたいと言っていたが、それも可能になる。密偵の知らせを歳三から聞くと、斎藤は、「早起きを命じておきます」と嬉しそうに言った。夜明け前に、丘陵地帯へ入って行くつもりだろう。歳三も、くつろいだ気持で寝床に入った。

だが、目が覚めた。軀の中が騒いでいる。歳三は、兼定を引き寄せて窓を開けた。昨日と同じように濃い霧がたちこめていて、夜明け間近の薄明るさと一緒に、小雨のような雫が流れ込んできた。

「起きていたのか」

勇が半身を起こした。やはり、軀が騒いで目を覚ましたらしい。歳三は、格子に額をつけた。ただささえ狭い視界は、まったく霧に閉ざされている。昨日、無理にでも格子をはずさせなかったことが悔やまれた。

「何か聞えるか」

勇が言った。歳三は、目を閉じた。

川の音が聞える。そのほかは、すべて深い霧が呑み込んでしまったように静まりかえっているが、そのくせ、霧の底がざわめいている。

「どうかしましたか」

野村利三郎が、階段をあがって来た。今年二十五歳になる勇付きの隊士で、美濃大垣藩士の息子であった。

「囲まれたようだ。宇都宮救援の東征軍は古河へ向かうと密偵は言っていたが、嘘を掴まされて帰ってきたのかもしれねえ」

「探ってきます」

利三郎は、階段をおりて行こうとした。

「待て」

緋色《ひいろ》の旗が見えたような気がした。歳三は、軀の向きを変えて格子に額をつけた。

川風が霧を流した。わずかの間だが、大きな旗の緋色が灰色の霧の中に浮かび上がった。錦の御旗だった。間違いなかった。昨夜の密偵は、偽の情報を掴まされて帰ってきたのだった。

「利三郎。斎藤は、もう出発したか」

「はい。人目にたたぬ方がよいだろうからと、夜の明けぬうちに山へ向かいました」

やはり斎藤の出発は早かったようだ。とすれば、残っている兵は、寺院に宿営している者と合わせて三十人くらいのものだろう。

「討って出るか」

と、勇が言った。歳三は、軍服の背に兼定を背負いながらうなずいた。

「今のうちだ。この霧で、こっちも相手の人数がわからねえが、向うもこっちの人数がわからねえ筈だ。大砲を撃ち込まれるのを、待っているこたあねえ」

利三郎に、寺の人数を呼びに行かせようとした時だった。寺から銃声が響いた。気配におびえた者が、思わず引金を引いたにちがいなかった。それが合図になった。四方から鉄砲が撃ち出され、弾が庭土に突きささり、蔵の壁にはじけて飛んだ。東征軍の一斉射撃《いっせいしゃげき》であった。長岡屋は、腹の底に響くような音につつまれた。

蟻通勘吾が二階へ駆け上がってきた。窓の格子から銃の筒先を出し、引金を引こうとする。歳三は、勘吾の手を押えた。引金にかけている指が、かすかに震えている。

「こわいのか」

「いえ……」

そのあとの言葉は、口の中で消えた。池田屋の表口で立ちつくしていたこの男は、伏見戦争の奉行所裏では、葭の中に蹲っていた。そのあとは歳三に従って薩軍陣地へ斬り込んでいるのだが、まだ度胸は据わらぬらしい。ことによると、戦さが終るたび、尚更戦うことが恐ろしくなってくるのかもしれなかった。

歳三は、勇を見た。伏見戦争での勘吾を知らない勇は、鋭い目で勘吾を見つめていた。

「こわくないのなら、撃つな」

歳三は、勘吾を連れて階段をおりた。鎖帷子《くさりかたびら》をつけた島田魁が、蔵の戸を細く開いて外のようすを眺めている。霧がしきりに流れ込んでいた。

ようやく銃声がとぎれた。歳三は兼定を抜いて、勘吾をふりかえった。どこかに蟻の這い出る隙間くらいはある筈だった。

「行くぞ」

「待ってくれ」

勘吾ではなかった。歳三は、二階を見上げた。勇が羽織袴の姿のまま、鉢巻もつけずに立っていた。

「とし。俺が向うの大将に会ってくる」

「大将に会う？　正気か」

「歳さん。俺の右手はもう思うように動いちゃくれない。ここにいる俺は、近藤勇のかすだ。が、相手は、そんなこととは知らないよ。痩せても枯れても新選組の近藤勇がなのり出るのだ、それなりの動きはある筈さ。その隙に、歳さんは皆を連れて脱出してくれ」

「冗談じゃねえ」

「冗談じゃない。甲府での負け戦さを思い出してくれ。俺がなのり出て、死者を少なくするのが一番いい」

「死者は少なくなるだろう。が、近藤さんを失った新選組はどうなる」

「歳さんに頼む。伏見での戦さを見りゃあ、俺より歳さんの方に采配を振る頭も腕もある」

「ありゃしねえ。だから、負けた」

「あれは、幕軍が負けたのだ。歳さんのせいじゃない。――さらばだ」

「待ってくれ」

勇は言い出したらきかない。歳三は次善の策をとった。

「近藤さんは今、鎮撫隊の大久保大和だ。それで押し通してくれ」

勇は歳三を見て笑った。かぶりを振るのかと思ったが、「わかった」と言ってくれた。

歳三は、勇付きの野村利三郎を呼んだ。勇について行ってもらうつもりだった。

「うまくゆくさ」

そう言って勇は階段を降りて行き、霧の中へ出て行った。


銃声はやんでいた。が、勇はまだ帰ってこない。歳三は、いらいらとして窓の外を眺めていた。霧はほとんど晴れていて、明るくなった空の下に、大きな緋色の旗が重そうに垂れていた。

荷揚げ荷積みでさわがしくなる筈の町からも、物音は聞えてこない。

東征軍は、鎮撫隊の大久保大和だという勇の嘘を見破って二人を捕え、次の一斉射撃にそなえて鳴りをひそめているのではないかと、思った。

ばかな。

脳裡をよぎった考えをあわてて打ち消して、歳三は、もう一度窓の外を見た。風が強くなったのか、重たげに垂れている錦旗が揺れている。鳥が鳴いていた。

しばらく窓の外を見つめていた。ずいぶんと長い時がたったような気がするが、勇は帰ってこない。歳三は、兼定を握りしめた。勇のあとを追って東征軍の中へ入って行こうかとも思った。

「上がって行ってもよいでしょうか」

階下から声がした。蟻通勘吾だった。いい加減な返事をすると、勘吾は、茶を持って上がって来た。畳の上に置かれた湯呑みを、歳三は乱暴に持ち上げた。なみなみとつがれていた茶が、指にこぼれた。熱い茶だった。

「局長は——」

と、勘吾は低い声で言った。

「わたしが震えているのを見て、なのって出られる気になられたのでしょうか」

「うぬぼれるな」

と、歳三は答えた。

「お前一人にかかずらっていられる時じゃねえ」

勘吾の口がわずかに動いた。そうですね——と言ったようだった。

馬のいななきが聞えた。歳三は、はじかれたように窓の格子へ額をつけた。母屋に沿って庭に入ってくる道が、わずかに見える。が、母屋の窓も雨戸が閉ざされたままで、道を歩いてくる者はいなかった。

ふりかえると、すぐうしろに勘吾の顔があった。

「どうした」

「副長。万一——、もし万一、局長が帰られなかったら、わたしも東征軍への斬り込みにお連れ下さい」

「勘吾」

歳三は窓から離れた。

「お前、なぜ甲州で脱走しなかった。いや、なぜ大坂から引き上げてきた時に脱走しなかった」

伏見敗戦ののち、大坂から江戸へ引き上げてきた時にかなりの数の隊士が姿を消した。甲州柏尾での敗戦後も、たしかに逃げのびたといわれる隊士が、本所にも今戸にもあらわれなかった。新選組には彼等を探し出して処罰するほどの余力がなく、おそらく彼等は市井《しせい》の平凡な人間に戻って暮らしているにちがいなかった。

勘吾は、目を伏せた。老舗《しにせ》の若主人と言っても通りそうな、おとなしげな顔だった。

「副長。わたしは邪魔ですか」

「いいや」

「はっきり仰有って下さい。わたしが邪魔ですか」

「いいや」

歳三は、大きくかぶりを振った。

「邪魔だなどと思ったことはねえ」

「池田屋騒動のあとで、逃げたいと思いました」

と、勘吾は言った。

「思いましたが、局中法度が恐ろしくて逃げられませんでした」

歳三は苦笑した。

「新選組に入ってきたのが間違《まちげ》えだったな」

「いいえ、逃げたいと思ったのが間違いでした」

低いが、きっぱりとした口調だった。

「あれからわたしは、三条大橋の騒動にも、天満屋の騒動にも加わりました」

三条大橋の騒動とは、一昨年の慶応二年九月十二日、三条大橋にたてられていた高札を勤王派土佐藩士が引き抜こうとし、大乱闘となった事件だった。長州征伐のさなかに将軍家茂が逝き、征長停止の勅命が出て間もなくのことで、勤王派にしてみれば、「長州の反逆罪は明らかである」云々と書かれた高札は、目障り以外の何ものでもなかったのだろう。

高札は公《おおやけ》のものだった。征長停止の勅命が出たといっても、幕府が朝敵として長州を攻めたことが間違いだったというのではない。幕府が立てた高札を、一介の藩士が引き抜いてよいわけがないのである。

にもかかわらず、高札は、以前にも十津川郷士《ごうし》らによって文字に墨を塗られ、川へ投げ込まれたことがあった。今度こそ抜かせるものかと、新選組は、多少意地になって見張らせていたのだった。見張りをひきうけていた原田左之助らによって、八人の土佐藩士のうち一人は斬殺され、一人は重傷を負って、のちに自刃した。そのほか一人が捕えられたが、当時京都守護職であった松平容保は、土佐藩を刺激するのは幕府のためにならぬと考えていた。前土佐藩主の山内容堂《やまのうちようどう》は、倒幕などあってはならないという考えの持主で、自藩勤王派の跳ね上がりを押えていたのである。土佐藩にも新選組との摩擦を避けたい考えがあり、その時は土佐藩が近藤勇らを酒宴に招くなどして和解が成立した。

天満屋騒動は、大政奉還のあと、王政復古が宣言される直前の慶応三年十二月七日に起こった。それより約半月前の事件、土佐の坂本龍馬、中岡慎太郎の暗殺は、新選組のしわざではないかと疑われていたが、土佐海援隊の陸奥陽之助《むつようのすけ》（のちの宗光）は、坂本、中岡殺害を示唆したのは紀州藩の三浦休太郎にちがいないと言い出した。陸奥は、海援、陸援両隊士や十津川藩士らを率いて、三浦が宿泊中の京都油小路の天満屋を襲った。新選組は陸奥の疑いや動きを察知していて、斎藤一らを護衛として天満屋へ送りこんでいた。その一人が蟻通勘吾だった。

「怖くなかったといえば嘘になります。三条大橋で土佐藩士が長刀をふりかぶって駆けて来た時も、天満屋で十津川藩士が抜き打ちに斬りつけてきた時も、一瞬、軀がすくみました。でも、わたしは逃げま

いと思った。逃げては、そこまで歩いてきた道を自分で消すことにな
る。そんなことだけはしたくなかったのです」
歳三は、あらためて勘吾を見た。やはりおとなしげな顔立ちだった。
「副長」
勘吾は膝をすすめた。
「わたしに斬り込ませて下さい。窮鼠《きゅうそ》猫を噛むのたとえ通り、怖さ
に目がくらんで、意外な働きをするかもしれません」
歳三は、曖昧にうなずいた。それよりも、母屋の壁に映った人影が
気になっていた。
「とにかく騒ぎを起こしますから、その隙に局長を」
窓の格子に額をつけた歳三は、勘吾をふりかえって微笑した。

「有難いことに、その必要はなくなったぜ」

母屋の横を通り抜け、庭に出て来たのは確かに勇と野村の二人だった。だが、そのうしろにもう一人いた。黒の筒袖にだんぶくろの男だった。

霧は晴れていた。窓からは、寺の木立の向うに高々とかかげられた錦の御旗が見える。ゆうに一丈（約三メートル）をこえる長さの真紅の旗は、川からの風に重たげに揺れていた。

「そういうわけだ」

と、勇は言った。答える者はいなかった。島田魁も中島登も、先刻、もう一つの宿所である寺から駆けつけた相馬主計も、俯いて黙りこくっていた。

勇に会った東征軍の指揮官が、よりによって見覚えのある薩摩の有馬藤太だったというのである。鎮撫隊の大久保大和で通したが、向うもこちらを新選組の近藤と気づいていたようだと勇は言った。それが、勇と野村を送ってきた男だというのである。男——有馬藤太は先刻まで階段の下に腰をおろしていたが、話が長びくと思ったのか蔵の外へ出て行った。窓から外をのぞいても、小柄だが肉づきのよい男の姿は見えない。

「それで、腹を切るというのか」

「やむをえまい」

歳三を見返した勇の目は穏やかだった。

「いい奴だったよ、有馬という男は」

藤太は、錦旗へ発砲したことについては軍法にてらさねばならぬから、粕壁の本営まで出頭してくれと言った。が、その時、口に出かかった言葉をのみこんで、「大久保殿」と呼びかけた。あれは、近藤さん――と言いかけたのを、周囲にいる者に気どられぬよう、あわてて呼び変えたのにちがいない。新選組の近藤と知っていながら、鎮撫隊の大久保として遇してくれた上、ゆっくり後始末をせよと帰してくれたのは、切腹をするならせよという配慮ではあるまいか。腹を切って、遺髪を届けさせたなら、あの男は必ず引き上げて行く。俺の命とひきかえに、隊士を助けてくれという俺の気持を、あの男ならわかってくれる筈だ。

「歳さん。介錯《かいしゃく》をたのむ」

「ことわる」

「なぜ」

「近藤さんに死なれては困る」

「さっきも言っただろう」

勇は、ゆっくりとかぶりを振った。

「俺の右腕はもう使えない。生きていても、歳さんの足手まといになるだけだよ」

「いやだ。死なれては困る」

「歳さん一人の意見で、大勢の隊士を危険にさらすことはできない」

「それでもいやだ」

と、歳三は言った。

「総司は病いで倒れた。新選組を結成した頃にゃ考えられねえことだ。今ここで、近藤さんを切腹なんぞというかたちで失いたくねえ」

勇は、いかつい顔をほころばせた。が、笑っているようには見えなかった。

「そう言やあ、永倉も原田もいない。藤堂平助と山南敬助は、俺達があの世へ送っちまった」

勇が歳三を見た。

「浪士募集に応じて京へ行こう、京で将軍家をお守りしようと誘った俺が、すべてのもとをつくったようなものだが。歳さん、お前は後悔していないかえ」

「何を後悔するのだ」

「京へ行って、俺達は幕臣として朝廷に尽くしてきたつもりだ。が、今、俺達につけられている名は賊徒だぜ」

「だからこそ、生きていなけりゃならねえ。賊徒の名を引《ひ》っ剝《ぱ》がして、新選組の近藤、土方として死ねるまで」

「わかった」

勇の頬に笑《え》窪《くぼ》が浮かんだ。

「としい、としには、ずいぶん助けてもらった。今度は、俺がとしいの役に立ちたい」

「生きていてくれるのか」

「粕壁へ出頭するよ。そのかわり、賊徒の名を引っ剝がすまで、決して死ぬなよ」

「近藤さんも、だ」

「わかっている」

「東山道軍の本営は、板橋にある。近藤さんが粕壁に出頭すれば、必ず板橋の総督府へ送られる。俺はその間に、江戸赤坂の勝の屋敷へ行く」

「よせ。勝など、あてにならん」

「脅せば動く」

勇の翳が深くなった。

「歳さんを信じよう。地獄へ行くのはもう少しあとにする」

歳三は、むずかしい顔でうなずいた。切腹は思いとどまらせることができたが、板橋の東山道軍総督府へ連行される勇を救い出さねばならぬ責任が、ずっしりと肩にかかってきた。

時を稼ぎたかった。東征軍は、諸藩を味方につけるため、勤王を表明しさえすれば寛大なところを見せようとしている。大久保大和を板橋へ連行しても、しばらくは本営にとどめておくだけだろうと思ったが、有馬藤太という薩摩藩士が、近藤勇の顔を知っていたのである。知っている者は他にもいるかもしれなかった。それも、藤太のように勇に好意を持っているとはかぎらない。いまだに坂本龍馬は新選組に殺されたと思っている土佐藩士などに、大和は勇と知れた時が恐しい。

まず、東征軍にさからう意志のないところを見せるために、武器を差し出すことにした。最新のミニエー銃を引き渡すのは惜しかったし、フランス製であるので幕軍であると見破られまいかと思ったが、あとで見つかるよりはよいだろう。島田魁に武器をまとめさせている間に、歳三は、野村利三郎と蟻通勘吾を呼んだ。野村には、早く出頭したがるにちがいない勇をなるべくひきとめるように言い含め、勘吾には、勇を連行して東征軍が引き上げたのち、丘陵地帯で、訓練をしている斎藤一に連絡をとるよう言いつけた。

「で、副長は」と、島田が言う。

「江戸へ行くよ」

三者三様のうなずき方をした。あとをまかされた島田、勇について行く野村、斎藤への連絡を頼まれた勘吾それぞれが、そのあとの行動を考えたのかもしれなかった。

歳三は、莚《むしろ》でくるんだ兼定を背負って長岡屋の蔵を出た。着流しの尻端折《しりはしょ》りに頬かむりの姿で、川堤をのぼり、ふらりと川岸へ降りる。釣舟らしいのへ、莚を巻いた兼定を投げ込んで、杭に巻きつけてある綱をといた。

艪をあやつって江戸川を下る。東征軍兵士の姿が見えたが、鉄砲を撃ってはこなかった。新選組副長が、艪をこいでいるとは思わなかったのだろう。

枝川から中川へ漕ぎ入れた時に、月が出た。薄明るい三日月だった。

綾瀬川から隅田川へ出て、今戸に上がる。瓦を焼く小屋から灯りがもれていて、小屋の向う側にある夜の闇の中に煙がたちのぼっていた。歳三は、あたりに気を配りながら、良順宅の戸を叩いた。医生がすぐに出てきて、歳三の顔を見ると急いで中へ入れてくれた。総司の姿はなかった。新選組がいるとの噂が立ち、やむをえず千駄ヶ谷の植木屋へ移したという。

やがて、歩兵頭格海陸軍病院頭取といういかめしい肩書のついた松本良順が戻ってきた。良順は、歳三の用件を聞く前に、明日、四月四日に東海道先鋒総督の橋本実梁《はしもとさねやな》と副総督の柳原前光《やなぎはらさきみつ》が、江戸城へ入城する予定となっていると言った。江戸城開城が、十一日ときまったのだった。

「開城、ですか」

と、歳三は言った。三月十五日の江戸城総攻撃が避けられた裏には、やはり開城の密約があったのだった。

「が、勝さんも食えねえ男よ」

良順は笑って言った。

全面降伏とも見える江戸城開城だったが、海舟は、自分の要求をほぼ認めさせていたのである。

三月五日、東征軍大総督有栖川宮熾仁《ありすがわのみやたるひと》親王は駿府に到着した。翌六日、大総督府となった駿府城での軍議では、江戸城総攻撃と同時に徳川氏の処分も決定した。慶喜みずからが東征軍の軍門に降ること、江戸城、軍艦、武器のいっさいを東征軍に引き渡し、徳川方の戦争責任者百人あまりを斬首するという厳しいものだった。海舟は、山岡鉄太郎（のちの鉄舟）に書簡を持たせ、捕えられていた薩摩藩の益満休之助《ますみつきゅうのすけ》を案内役として駿府に行かせ、西郷吉之助と話し合いをさせたが、その時に渡された慶喜謝罪の七つの条件も、先の内容と変わりなかった。違っているのは、慶喜を備前藩お預けとするとはっきり記されていること、戦争責任者の『斬首』という表現がなくなっていることだけだった。

海舟の要求の主なものは、慶喜を水戸謹慎とすること、開城後の江戸城は田安家に預けること、軍艦、武器は、ある程度のものを残して引き渡すこと、戦争責任者の死一等を減じることだった。全面降伏をした側の出す条件ではなかったが、東征軍はこの要求をのむよりほかなかったという。

「イギリス公使のパークスが薩摩に言ったのさ。恭順の意を表している者を寛大に扱わないでどうするってね。さんざん世話になったイギリスの言うことだわね。それに理も通っている。薩長もいやだと答えるわけにはゆかなかっただろうさ」

歳三は、海舟が公使館員のアーネスト・サトウと会っていたという話を思い出した。

「が、どうして、イギリスが勝と手を組むことになったのでしょう」

「勝さんがイギリスに、泣きついたか脅しをかけたか」

良順は、感心したように首を振りながら答えた。

「多分、両方だろう。パークスは、はじめから将軍家の死罪には反対だったというから、まず将軍家を助けてくれと泣きついて、次に、どうしても東征軍が江戸へ攻め込むというのならやむをえない、上野へ移ってきた彰義隊や江戸湾の海軍に反撃させるから、居留地のある横浜も火の海になると脅したのだろう。そのあたりは、たいした男さ」

そのかわりと、良順は言った。旧幕抗戦派も鳴りをひそめねばならなくなった。パークスが居留地の安全をどう保障するのかと薩摩に談じこみ、江戸城総攻撃が回避されたのであれば、それも当然だろう。

「五兵衛新田に隠れていろと言うばかりで、歳さん達の流山行きに、うんと言わなかったわけさ。近藤さんはどうしてる」

歳三は、流山で起こったことを話した。勇が東山道軍に連行されたと聞くと、良順の顔色が変わった。

「で、勝に会いたいんです。勝に会って、近藤さんを助けてくれと頼みたい」

「むりだ。明日は、勅使が入城する」

「ならば、今からでも」

「なお、むりだ。勅使を叩っ斬ろうとする奴等がいて、勝さんは宥めてまわっている」

「わかりました。では」

「待ちなよ。気の短い奴だな」

立ち上がろうとした歳三を良順がとめた。自鳴鐘《とけい》が鳴った。夜の九つだった。

「お前さんにゃ負けるよ。明日の朝は、暗いうちに家を出て勝さんをつかまえることにする。必ず会ってもらえるようにするから、どこへも行かずに待っているがいい」
その言葉通り、良順は、勅使の入城でいそがしい海舟から、深夜、赤坂の屋敷で会うという約束をとりつけてきた。

海舟に会うのははじめてではない。甲府での敗戦後、歳三の義兄、佐藤彦五郎が春日隊を結成して加わっていたことが東征軍に知れ、彦五郎の長男が捕えられたことがあったが、その釈放に動いてくれたのは海舟であった。が、その一方で、新選組を江戸から追い払おうともしているのである。歳三にとって、海舟は正体のわからぬ鵺《ぬえ》のような男だった。

「できねえ相談だよ」

海舟は、机に向かったままで言った。小柄で、痩せていて、町人のような口調で喋る男だった。

「土方さんよ。俺は、いそがしいのだがな」

「近藤勇の救出をお願い申す」

歳三は、先刻から繰返している言葉をまた繰返した。

「だから、それができねえ相談と言っているのだよ」

「できる」

歳三は、兼定を引き寄せた。

「脅す気かえ」

「そうだ。あんたが薩摩を脅したように」

海舟は、声をあげて笑った。女のような笑い声だった。

「脅しの一つは兼定だ。あんたも男谷精一郎《おだにせいいちろう》の従弟《いとこ》だ、かなりの使い手だろうが、俺は負けねえ」

海舟の笑いは消えない。

「二つ目は、新選組を甲府で壊滅させようとしたあんたのやりくちを、彰義隊に教えることだ」

海舟の頬には、まだ微笑が残っている。

「三つ目は、彰義隊を早く叩き潰せと、薩兵の中にいるかつての新選組隊士に教えることだ。東征軍は、勝手のわからぬ江戸で彰義隊と戦うことを恐れているようだが、ためらうことはない、彰義隊を叩き潰せば、勝は薩摩に強いことが言えなくなる」

海舟の顔から、とうとう笑いが消えた。

「ずいぶんな脅しだな。俺は徳川の社稷を守ろうとしているのだぜ」

「俺もそうだった。が、今の俺は誰よりも近藤さんを助けたい」

「もったいねえ男だな」

勝は、机からはなれた。

「それだけの知恵と度胸を、近藤一人のために使っちまおうってんだから」

「あんたは徳川の軍事取扱だ。その知恵と度胸を、徳川家《とくせんけ》のため存分に使えばいい。俺は新選組副長だ。是が非でも、近藤さんを助けにゃならねえ」

「俺も新選組には世話になった」

と、海舟は言った。海舟の妹のお順が佐久間象山《さくましょうざん》の後妻となり、象山が暗殺されたのちに、象山の連れ子であった恪二郎《かくじろう》が父の敵《かたき》を討つために新選組に入隊したことを言っているのだった。入隊中は歳三がそばに置いていたが、よい隊士ではなかった。象山の息子という自負が捨てきれなかったのかもしれないが、鳥羽伏見戦争後に姿を消した。

「恪二郎の一件では世話になった。だから、何とかしてはやりてえ」

「頼む」

「時機がわる過ぎるぜ、土方さんよ。だから、五兵衛新田でじっとしていろと言ったのだ」

「五兵衛新田も嗅ぎつけられた。俺は加村陣屋などあとまわしにして、会津藩と宇都宮攻めをする方がよいのではないかと考えていた」

「惜しい男だな」

勝は、ひとりごとのように言った。

「戦さのほかにも目を向けてくれりゃいいに」

大局が見えてくるということか。以前にも、同じような言葉を聞いたことがあった。あれは、夕焼けに赤く染まった芒の原だった。銃を構えた篠原泰之進が、唇を歪めて言ったのだった。

あんたには大局を見る目がない。が、大局を見る目とは何なのか、いまだに歳三にはわからない。自分達にはそれがあると言っている者達、たとえば伊東甲子太郎も篠原泰之進も、勤王という勢いのある流れに身をまかせただけのように思えるのである。逸早《いちはや》く勢いのある方へ乗り移る者達にくらべれば、動かぬ右腕に焦れて切腹を考えた勇、病み衰えてもなお甲府へ行きたいと願った総司のどれほど美しいことか。

「口先で勤王、勤王と言っている奴等は放っておきゃあいい」

と、海舟が歳三の胸のうちを見透かしたように言った。

「順逆《じゅんぎゃく》をわきまえよとか、大局を見よなどと言っている連中は、何もわかっちゃいねえのさ」

海舟の顔に微笑が戻った。

「ほんとうに高みに立って物事を見ているのは、俺ぐらいのものさ。と言えば、お前《めえ》さんがいやな顔とわかっちゃいるがね。俺あ、イギリスやらフランスやらプロシャやらが日本へ来ている時に、日本人どうしが喧嘩をするなんざ、愚《ぐ》の骨頂《こっちょう》だと思っているんだよ」

歳三は、黙っていた。

「印度を見ねえな、清国を見ねえな、土方さんよ。イギリスとフランスに、思いっきり踏みにじられちまったじゃねえか」

問いかけられても答えられなかった。

「俺あ、高みに立って物事は見られるが、了簡《りようけん》の狭え男だからね、小栗上野介《おぐりこうずけのすけ》と仲のよかったフランスは、虫が好かねえ」

かつての幕府内の抗争など、歳三はまるで知らない。それでも、京で見廻組与頭《くみがしら》の格式をもらった頃に、ちらと小栗上野介忠順の噂を聞いたことがある。切《き》れ者との評判だったから、海舟とは反《そ》りが合わなかったにちがいない。そういえば、幕府軍事顧問のフランス将校が出した東征軍を箱根の東へ誘い込む策戦を、熱心に支持したのは小栗忠順で、反対したのが海舟であった。

「よくしたものでね、俺がイギリスの方がいいと思うと、イギリスも俺を好いてくれるんだよ。が、なあ、考えてみねえな。誰だって手《て》前《めえ》の国が一番《いっち》好きだぜ。手《て》前《めえ》の国より日本の方がいい、日本のためだけを考えますってなあ、よほどの唐変木《とうへんぼく》か大嘘つきだ」

同感だった。

「イギリスは、恭順の意を表している者を死罪にするのは何事かと東征軍大総督府を脅してくれた。フランスは、東征軍を箱根で叩き潰そうと言ってきた。有難い話だが、その申出《もうしで》のすべてが幕府のためかというと、そうじゃねえ。イギリスは、ここで戦さになれば手前達《てめえたち》も戦火に巻き込まれる、それじゃ商売にならねえと考えたからにちげえねえし、幕府に食い込んでいたフランスは、幕府に買ってもらわにゃイギリスを追っ払えねえのよ。清国との戦さじゃ手を組んだが、イギリスとフランスは、印度では手前達《てめえたち》が有利になろうとしのぎを削っていた。俺達が徹底抗戦をすりゃ、フランスは俺達の後押しをしてくれるだろうさ。が、イギリスは薩長軍について、日本中めちゃくちゃだぜ。俺あ、それだけは避けたい」

海舟は歳三に口をはさませず、一気に喋った。

「そういうことなんだよ。明日、抗戦派の跳ねっ返りが勅使に斬りかかりでもしたら、一大事だ」

「では、近藤さんのことは」

海舟は、また女のような顔で笑った。

「できるだけのことはする。東征軍に、彰義隊を叩き潰せと投げ文をされてはたまらないからな」

歳三は、黙って両手をついた。海舟の笑い声が響いた。

「釜《かま》さんにも、お前さんのような男がついているといいのだがな」

「釜さん？」

「釜次郎、榎本武揚だよ。あいつは、妙に人がよくっていけねえ。何か言われると、すぐにその気になっちまうのだよ。お前《めえ》さんなら、できねえものはできねえと、はっきり言うだろう」

よい匂いを漂わせていた男の姿が目の前を通り過ぎた。頭のよさそうな男だったと、歳三は思った。

「もっとも、お前《めえ》さんの一本気にも困ったものだが。生きのびるって時にゃ、土方さん、きったねえ手を使うこともあるんだぜ」

海舟は何気なく言ったのだろうが、不安をかきたてられた。勇を粕壁に出頭させたのは間違いだったのではあるまいか。勇を救うためには、有馬藤太という男も裏切って、勇を舟に乗せて逃がした方がよかったのではあるまいか。

歳三は、あらためて両手をついた。俺にできることはすると、海舟は言った。それ以上は何も言えず、歳三は屋敷を出た。月は雲に隠れていた。

雲に隠れたまま、いつまでも顔を出そうとせぬ月のせいで、道を間違えたらしい。気がつくと、武家屋敷のつづく坂道になっていた。芝口へ出るつもりが、反対側の番町へ出てしまったようだった。

歳三は、足をとめてあたりを見廻した。もう一度、方角を確かめようと思った。

前から近づいてくる提燈にも、提燈の持主の酔っているらしいだみ声にも、早くから気がついてはいたのだが、用心の二文字は頭から消えていた。頭の中にあるのは、「生きのびる時には汚い手も使う」という海舟の言葉と、勇を出頭させたことへの後悔だった。すれちがって行こうとした提燈の一団はふと足をとめ、明かりを歳三の前へ差し出した。

「こいつ」

濁った声がわめいた。土佐訛りがあった。

「新選組の……」

最後まで聞かず、歳三は提燈を捨てて走り出した。案外に確かな足音が追ってくる。「土方だ」の一言が、彼等の酔いをさましたのかもしれなかった。

土佐藩士にとっても江戸は馴染みの薄い土地だろうが、歳三もこのあたりの地理にはくらい。逃げ込むたびに、歳三は、その道が袋小路ではないことを祈った。京では歳三が浪士を袋小路に追い詰めようとしたものだが、皮肉なめぐりあわせだった。

が、とうとう行きどまりの道に迷い込んだ。「土方、待て」とわめく声は、ついそこの曲り角まで来ている。やむをえなかった。歳三は、兼定の鯉口《こいぐち》を切った。ふたたび月が雲に隠れたのを幸いに、武家屋敷の塀に貼りついて踵を返す。曲がり角にある石燈籠の明かりが邪魔だった。

突然、目の前の塀が裂けた。木戸が開けられたのだった。

「土方さん？」

女の声だった。答える暇もなく木戸の内へ引き入れられ、女が素早く木戸に錠をおろした。幾つもの足音が袋小路に駆け込んできて、濁った声が「いないぞ」とわめいた。女は歳三の手をひいて、裏口らしい土間へ入った。

「探せ。この高い塀を飛び越えられるわけがない」

戸口に立って袋小路の騒ぎを聞きながら、歳三は、女をふりかえった。女はうしろを向いていて、武家風に結った髪と胸高《むなだか》に締めた茶色の帯が目の端に映った。

ここに木戸がある——という声が聞えた。力まかせに叩く音もする。出て行こうとする歳三の背を、女の手が軽く叩いた。

「戸棚にでも隠れていて」

「え？」

女は、提燈の明りを自分の顔に近づけてみせた。くっきりした目鼻立ちの白い顔が笑っていた。美乃であった。

「こんなところで何をしている」

「何をしているって、わたしの家だもの」

美乃は、明りを台所の奥へ向けた。楢の戸の向うに座敷があった。

「木戸で追い返すつもりだけど、家探《やさが》しをすると言われると厄介だから」

美乃は、歳三の脱いだ草履を竈《かまど》の中へ隠して出て行った。


案外におとなしく帰ったと言って、美乃が戻って来た。

歳三は、夜具の入っていた戸棚から飛び降りた。広い屋敷は静まりかえっていて物音一つせず、飛び降りた音は重苦しく響いた。歳三は思わず、唐紙《からかみ》の向うの気配を窺った。美乃が、袂を口にあてて笑った。

「誰もいやしません。わたし、一人」

隠居をした父も、家督《かとく》をついだ兄夫婦も、江戸城総攻撃の知らせが入った時に知行地《ちぎょうち》へ帰って、そのままなのだという。

「千二百石のお旗本、榊原大学が情けないでしょう。でも、そのお蔭で、勘当されたわたしがこの家に住んでいられるのだけど」

「勘当された？」

「そう。呆れた？」

美乃は、台所へ出て行った。酒を、徳利から銚子にうつしているらしい。すぐに、ありあわせの肴《さかな》を盛った小鉢と湯呑みをのせた膳をはこんできた。

「まだ突っ立っているの？　おすわりなさいな」

言われるままに腰をおろしたが、歳三は狐につままれたような気持だった。歳三が知っているのは、藍の滝縞を着て髪を簪に巻きつけた女だったが、目の前にいる女は、薄青に蘭をあしらった着物を着て、髪も島田に結い上げている。燗《かん》をする暇がないからと、美乃が冷酒を湯呑みにつぎ、歳三は、すぐに帰るつもりだったことを思い出した。

「何をぼんやりしているの」

「別の女のようだから」

「土方さんだって、そうじゃないの」

美乃は短く笑った。

「顔つきが、まるで変わっている」

「あの時は、人殺しの目をしていたか」

「そう」

湯呑みは空《から》になっている。歳三は、美乃が銚子をとりあげたのを無視して、湯呑みを膳に置いた。

「怒ったの？」

「いや」

今は不安におびえている。生きのびるすべを知らぬまま、京へ向かい、新選組を結成して、藤堂を斬り山南を斬り、蟻通勘吾や恪二郎のような男を入隊させ、総司を病み衰えさせて勇を東征軍の虜《とりこ》とさせた。

「気にしてるの？　言わなけりゃよかった」

「俺が、言えと言ったのだ」

「案外ね。何を言われても、聞き流してしまう人かと思っていたのだけれど」

美乃が、膳の上の湯呑みに酒をついだ。小さな音が、重厚な調度にかこまれた座敷に響いた。

「俺は」

自分でも思いがけない言葉が口をついて出た。

「臆病なのよ」

美乃が、長い睫毛におおわれた目を見張った。

「実は意気地がねえんだ」

吐いたことがあると、歳三は言った。

はっきりと、細かなところまで覚えている。池田屋騒動の起こる直前、元治元年（一八六四）六月五日のことだった。その日、新選組は、京都四条小橋の古道具屋、桝屋喜右衛門を捕えた。かねてからこの男には不審を抱いていて、探索をつづけていたのだが、踏み込んでみると案の定、長州藩士との往復書簡や鉄砲などを隠していた。しかも、手紙の文言には、不穏な動きを感じさせるものが何箇所もあった。が、男はかたく口を閉ざして何も言わない。

歳三は、男に拷問をかけた。男はそれにも耐えて、口を閉ざしていた。何も言わぬということは、拷問に耐えねばならぬほどの大事が手紙の中に隠されていることである。

白状させねばならなかった。歳三は、縛りあげた男を梁《はり》から逆さに吊るし、足の裏に五寸釘を打った。それだけではない。五寸釘を打った傷口に、蠟燭をたらしたのである。

隊士達ですら顔をそむけた。口実を設けてその場から出て行く者もいたが、歳三は平然と蠟をたらしつづけた。一刻あまりも苦しんでいた男は、とうとう古高俊太郎という名と、烈風の日を選んで御所《ごしょ》の上手へ火をはなち、中川宮と松平容保を襲撃する企てのあることを白状した。

恐るべき企てであった。知らずにいれば京は火の海となり、中川宮も松平容保もおそらくは惨殺されていただろう。多くの人々の命を救ったのは、歳三の手柄だった。手柄だったが、誰もそう言わなかった。よくもあれだけの拷問を考え出すものだと、試衛館以来の隊士の中にさえ、歳三にひややかな目を向ける者がいた。

覚悟していたことであった。歳三は、陰口にもひややかな目にも、それ以上につめたい無表情で応えた。

だが、ただ一つ、勇や総司にもひた隠しに隠していたことがあった。

拷問を終えて後、歳三は吐いたのである。拷問のむごさにむかつく胸を、こらえにこらえていたのが抑えきれなくなったのだった。

「みっともねえ話さ」

美乃は答えなかった。静まりかえった部屋の中で、歳三は酒を飲んだ。のどを通ってゆく酒の音までが聞えたような気がした。

「そんなに無理をしなくったっていいのに」

と、美乃が言った。歳三は、酒の残りを一息に飲み干した。

「人殺しをするために、無理をしていたと思うのか」

「何で、そんなことを言うの」

歳三は、横を向いた美乃の髪に目をやった。武家風に結いあげた島田の髷に、細く白い紙がかかっていた。京や大坂には、夫に先立たれた女が髷に白い紙を結ぶ風習がある。美乃の白紙は細く目立たないが、京坂のそれを真似たものにちがいなかった。

「亭主に死なれたのか」

「いいえ」

美乃は笑った。

「生き別れ」

歳三は、美乃の手に湯吞みを渡し、銚子を持った。

「聞きたい？」

「うむ」

「ばかな話。三千石の若様に嫁いだのに、惚れた男が忘れられなくって、嫁ぎ先を飛び出したの」

「勘当されるわけだ」

「そう。言ったじゃありませんか、男を追いかけるのが性分だって」

「どこまで追いかけて行ったのだ」

「京」

「一人でか」

「当り前でしょう」

冷酒をあおる恰好が板についていた。人には言えぬような苦労もしていたにちがいなかった。

「男に会えなかったのか」

「会えましたさ。軒《のき》のかたむいたあばら家《や》だったけれど、所帯《しょたい》ももちました」

「どうして別れた」

美乃は、懐紙《かいし》で湯呑みの縁を拭いながら笑い出した。

「お金」

「金？」

「あの人は、志を立てて上洛したなどと言っていましたけどね。いくらご立派な志でも、それだけじゃ食べてゆけない。わたしが働くことになりましたけど、その頃のわたしもまだお姫様で、料理屋の女中になっても客に愛想を言うことも啖呵《たんか》をきることも知らなかった。わたしにお金をつくれるてだては、たった一つしかありませんでした」

「寝たのか、男と」

「はっきり言わないで」

夫となった男とは、それきりになったと美乃は言った。それきりになったが、夫は人を斬ろうとして逆に斃されたと風の便りに聞いた。

「あの人らしい」と美乃は笑っているが、懐紙で縁を拭った湯呑みは手に持ったままになっている。その手を引き寄せて、酒をついでやりたかった。が、歳三の手は、膝の上に貼りついているように動かなかった。

美乃が羨しいと思った。好きな男を追って行き、好きな男に尽くし、迷うところがない。

ややしばらくしてから、それが言葉になった。

「とんでもない」

美乃はかぶりを振った。

「あの時にああすりゃよかった、こうすりゃよかったと、後悔ばっかり」

歳三の視線をそらすように、美乃は、頰にかかった髪をかきあげた。

「三千石の亭主を捨てたのもわたし、尊王だ攘夷だと言っている男に惚れたのもわたし、よく父親に手討《てうち》にされなかったと思いますよ。後悔するどころじゃない、幸運だったと思わなくてはいけないのかもしれないけど、懲りました。二度とあんな苦労はしたくない。京から江戸へ戻って来る時なんざ、思い出しても身震いが出る」

「そうか。三千石の奥方《おくがた》でいた方がよかったのか」

「と、言われると、困るのだけれど」

「なぜ」

「もう一度やり直せと言われても、やっぱりこうなっちまいそうな気がする」

歳三の手がようやく動いた。手は、美乃の髷に結ばれている白い紙を乱暴にほどいた。

「どうしたの」

「やきもちだ」

美乃が歳三を見上げた。とってはならぬとは言わなかった。歳三は、二人の間にある膳を押しのけた。美乃の軀はまだ荒れていなかった。

翌朝早く、歳三は門を出た。美乃は玄関に膝をついていた。男を追いかけるのが性分だと言っていたくせに、美乃は、そこから動こうとしなかった。

戦旗

「川沿いに北へ行くそうです」

水田の百姓に道を尋ねていた島田魁が戻ってきた。下総国市川の、宿場町をぬけたところだった。

「何度も同じことを尋ねられて、うんざりだと百姓は言っています。もう大分、人が集まっているのかもしれません」

と、魁は言った。

江戸城明け渡しは、今日、四月十一日に行われる。それをこの目で見たくないという者が昨夜のうちに隅田川を渡り、本所あたりで夜を明かしたらしい。脱走兵となった彼等は、江戸を脱け出した時は市川の大林院に集まるという申し合わせをどこからか聞きつけて、宿場を抜け、道に迷って、百姓に尋ねたのだろう。

漢《あや》一郎が、進軍の合図をした。歳三に従う者は、漢一郎のほか、島田魁、中島登、畠山二郎、村上三郎、松沢乙造、沢忠助らのほか、わずか三十数人だけだった。

まもなく、水田の中を左へ折れてゆく松並木の道が見えてきた。

「あそこのようです」

先を行く島田がふりかえった。松並木の奥に、瓦葺の山門《さんもん》が見えた。すでに到着している兵達の姿もある。ふいに日が翳った。厚い雲が陽《ひ》を遮ったのだった。

「今夜は雨かな」

と、島田が言う。土砂降りさと答えたのは、中島登だろうか。

「俺達の口惜し涙だ」

兵達は何も言わなかったが、同感だと思っていることはよくわかった。

狭い寺の境内は、小倉服《こくらふく》の兵と荷駄《にだ》でごった返していた。小倉服の兵は伝習隊、荷駄は江戸城の武器庫から運び出した大砲と、ミニエーよりさらに新しいシャスポー銃のようだった。

先に門内へ入った島田魁が歳三の名を告げると、どよめきがおこった。新選組は、まだ頼りにされているようだった。鎖帷子《くさりかたびら》を着込んだ男が僧房から駆けて来た。会津の秋月登之助と柿沢勇記だった。歳三は馬からおりた。

「よく来て下さいました。千人の力を得たような気がします」

「いえ、この人数です。お恥ずかしい」

歳三は、境内のようすを見て言った。伝習隊の第一大隊七百人と、歩兵第七聯隊の半数三百五十人のほか、二百人の桑名藩士が来ているという。桑名藩主は鳥羽伏見戦争の時、将軍慶喜と一緒に江戸へ逃げ帰っている。桑名藩士はその後、藩主を追って江戸へきたが、藩主はすでに江戸を去り、越後の飛地領へ向ったあとだった。これからそのあとを追うのはむずかしいと、急遽、大林院での蹶起《けっき》を決めたらしい。

二百人を率いてきた立見鑑三郎《たつみかんざぶろう》の名は、歳三も知っていた。

「とりあえず、中へお入りになりませんか。この人数で、足の踏み場もありませんが」

柿沢勇記が先に立って歩き出した。案内された僧房は、会津藩士のほかに数名の幕臣もいて、男達のはこんできた土埃や汗のにおいがたちこめていた。柿沢は窓を開け、行李《こうり》や茶箱に入れた荷物を片付けさせて、歳三のすわる場所をつくった。窓の外は薄暗く曇りはじめていて、やはり今夜は雨になるようだった。

近藤勇は板橋にとめられたままになっているが、薩摩の有馬藤太が勇の助命を東山道総督府参謀の伊地知正治に働きかけているという。

市川へ向かう前日に、榎本武揚がそう知らせてくれた。

歳三が勇の助命を頼んだ海舟は、代官配下の手附《てつけ》、松濤権之丞《まつなみごんのじよう》の名で、勇宛てに差紙《さしがみ》に似た手紙を書いた。差紙とは、呼出を命じる書状である。脱走兵鎮撫を口実にして、代官に無断で行動するのは不届である、釈明の場をあたえるからすぐ立ち戻れという手紙で、東山道軍総督府へ、暗に勇の身柄の引き渡しを求めているのだった。海舟も、新選組局長の釈放まではさすがに西郷に頼めなかったのだろう。

権之丞名義の手紙はもう二通あり、内容は似たようなものだったが、一通は大久保一翁が書いたものだった。残る一通は、歳三が書いた。どこにいてもすぐ出頭すべしという、激しい内容の手紙だった。この三通の手紙を、島田魁らと歳三のあとを追ってきた相馬主計にあずけた。相馬は、鎮撫隊の大久保大和にその手紙を渡すため、東山道軍総督府を訪れた。表向きは、代官手附の使いである。が、有無を言わさず捕えられ、手紙は没収されたという。

歳三は、血相を変えて海舟の屋敷へ走った。海舟はいなかった。居所もわからなかった。大総督府の徳川氏処分を不満とする者達が、海舟が徳川を売ったのだとつけねらい、海舟は刺客の刃を避けながら、不満を唱える者達を宥めてまわっていたのだった。その間に、結城城も東征軍の手に落ちた。関宿藩も、次第に勤王派の力が強くなってきたようだった。

四月八日、陸軍総裁の白戸石介、陸軍奉行並の松平太郎、歩兵奉行の大鳥圭介、海軍副総裁の榎本武揚らが集まった。二転、三転の末、正式に示された徳川家処分の五箇条のうち、軍艦と武器のすべてを総督府へ引き渡すこと、江戸城を尾張藩にあずけることの撤回を求めて、海舟に嘆願書を差し出したのだという。恭順を示している者の家臣が武器の引き渡しに抗議するなど考えられないことのようだが、それが通ると思えるところまで、総督府の態度が軟化していたのだった。

歳三は十日、中島登を連れて、ひそかに武揚と会った。十一日の市川集結は、その時に聞いた。自分も脱走すると言ったあとで、武揚は言いにくそうに口を開いた。

「近藤さんの件ですが、有馬藤太という薩人が釈放せよと言っているそうです。その意見が通りそうだというので、この一件は勝先輩にまかせておいては如何ですか」

実は——と、武揚は苦笑した。

「実を申しますと、勝先輩は、あなたが板橋へ斬り込むのではないかと心配なされているのです」

勘のいい男だった。歳三は、江戸城開城に人々の目が向う十一日、板橋の総督府へ斬り込むつもりだった。

「やはり、そうですか」

武揚は、髭をふるわせて笑った。

「勝先輩の話を聞いていた時は、先輩の言う通り、もう一押しすれば総督府は我々の申出を飲む、ここが辛抱のしどころと思っていたのですが、あなたの話を聞いていると、お話の方が痛快に思えてくる。どうも、いかん」

海舟は、軍艦及び武器引き渡しと江戸城お預かりについての嘆願書を読んだ時、「全体《ぜんてえ》、お前さん方は正直過ぎるよ」と苦笑したそうだ。江戸城お預かりの件はともかく、武器などは性能のよいものを運び出しておいて、残りを「これですべてです」と引き渡せばよいというのである。そういう手もあるのだと、歳三は思った。

「今頃、江戸城の武器庫は空《から》でしょう。土方さん、武器庫にあるシャスポー銃は、フランス皇帝から寄贈されたもので、射距離はミニエー銃の倍ですよ。しかも、口込めのミニエーと違い、手もとで弾が込められる元込めです」

武揚は、弾を込めるしぐさをしてみせた。

「勝先輩の言われる通り、今は辛抱のしどころかもしれません。が、このまま黙って引っ込むわけにはゆかない。そんなことはおくびにも出しませんが、勝先輩だって、そう思っていられる筈です。武器を我々が持ち出すにまかせていられたのですから」

確かにその通りだろう。歳三は、海舟が何を考えているのかわからなくなった。

「わたしは遊撃隊の方々と、いったん房州へ向かおうと思っています」

房州で兵をつのったあと、箱根へ向かい、西からの道を遮断して江戸にいる政府軍を孤立させる計画だという。

歳三の血が騒いだ。宇都宮城には東山道軍の軍監、香川敬三が入城しているという知らせが入っていた。流山の宿営地を襲った一隊を指揮していた男である。遺恨という言葉が脳裡に浮かんで苦笑したが、今は引き下がるばかりの旧幕側が、一歩踏み出す時にはどうしても必要な城であった。

勇の一件は海舟にまかせてくれと念を押して、武揚は帰って行った。歳三は、島田や中島を呼んで出発の準備をはじめた。準備が整ったのは夜明け近くで、歳三は、その間に集まった兵を指揮して、今戸まで進んだ。

宿所は、八幡宮別当寺《べっとうじ》だった。兵達を休ませてから、歳三は良順邸をたずねた。良順は、夜着のままあらわれた。市川集結の計画があることを知っていたようで、歳三の軍服姿を見ても驚いた顔はしなかった。

「総司だろう？」

と、良順は言った。

「何にも知らせない方がいいかもしれないよ。近藤さんのことも、お前さんのこともさ」

何卒よろしくと頭を深々と下げて、歳三は八幡宮別当寺に戻った。まかせておけと、良順は答えてくれなかった。その良順の顔が目の前に浮かび、ゆっくりと消えていって、シャスポー銃の荷駄の列に変わった。


本堂の戸をあけると、雨あがりの土がにおった。

軍議は、朝の五つから開かれることになっている。本堂に集まってきた男達は、昨夜の雨の激しさなどを話し合いながら、車座になって腰をおろした。幕臣は歳三のほか吉沢勇之進、鈴木蕃之助《すずきばんのすけ》、天野電四郎、山瀬主馬、小菅辰之助の五人、会津藩士が柿沢勇記、秋月登之助、天沢精之進、工藤衛守、松井九郎の五人で揃え、桑名藩からは立見鑑三郎、杉浦秀人、馬場三九郎の三人が代表で出席した。

「軍議のひらかれる前に」

と、柿沢勇記が言った。

「奥羽鎮撫使《おううちんぶし》の一行《いっこう》は、三月二十三日に仙台に到着いたしました」

奥羽鎮撫使から会津藩に言い渡された処分は藩主の死謝、死をもって詫びることであった。慶喜が死一等を減じられて事実上の流罪である備前藩お預けとなり、さらにそれも許されて、水戸での隠居となったのにくらべればはるかに重い。こんな処分にうなずけるわけはなく、現在、仙台藩と米沢藩が会津救済に動いている。そのあたりを考慮に入れて、軍議をすすめてもらいたい。柿沢はそう言った。

脱走して会津へ向かおうとする者は少なくない。今戸で勇と喧嘩別れをした永倉新八も、靖共隊《せいきょうたい》を組織して会津へ向かっている筈だった。が、表向き恭順の姿勢をとっている会津藩としては、領内が脱走兵でふくれあがるのは好ましくない。藩主の死謝という処分を言い渡された今は、なおさらだろう。柿沢以下が国許へ帰らず、市川へ集まって来たのも、一つには脱走兵の大軍が向かう方向を、会津ではなくその周辺へ向けたいからかもしれなかった。

本堂に、風が入ってきた。桜の季節も過ぎたというのに、つめたい風であった。

そうか。この気候では、凶作の心配もある。

農家に生まれた歳三は、すぐそこに考えがゆく。会津藩も、凶作の年に脱走兵を受け入れるのはつらいだろう。

だが、俺は戦う。海舟の打つ手で将軍家の恭順が認められようと、それで俺達に着せられた賊徒の名が拭い去られるわけじゃない。大局を読めぬ男と嘲けられたが、今日までをふりかえってみて、俺は恥ずかしいことはしちゃいない。俺だけじゃない。近藤さんも総司も、島田も中島も、突っ走り過ぎたことはあったが、人に恥じるようなことはしていない筈だ。だから、俺は戦う。試衛館からの、島田達にとっては京からの道が間違ったものではなかったことをはっきりさせるために、俺は戦う。

名を呼ばれたようだった。我に返ると、一同の目が歳三にそそがれていた。

「土方さんは、どうお考えですか」

と、秋月登之助が言う。進軍を主張する者と、しばらく江戸の周辺にとどまってようすを見ようという者と、意見が二つにわかれたらしい。

「進軍をとります」

歳三は、即座に答えた。

「で、めざすところは？」

「宇都宮です」

会津の五人が賛成した。桑名藩士も異存はないようだった。皆、宇都宮城が重要な位置にあると思っていたようだった。総督には歳三がおされ、隊の編成にかかった時だった。境内の伝習隊兵士が歓声を上げた。

「誰か来たようだ」

と、廊下を背にしてすわっていた立見鑑三郎が言った。須弥壇《しゅみだん》の前にすわっていた歳三には、開け放ってある戸の間から、下僕《げぼく》に行李をかつがせた男が足早に境内へ入って来たのが見えた。男は、たちまち伝習隊兵士にかこまれたが、つめたく整った顔に見覚えがあった。歩兵奉行の大鳥圭介であった。

廊下へ立って行った立見鑑三郎が、本堂の中の男達をふりかえった。

「お目にかかったことはないが、大鳥さんがみえたようです。一大隊くらいの兵も来ている」

天野電四郎も立ち上がった。

「我々はここです。大鳥さん、こちらへおいで下さい」

電四郎の声に、大鳥のまわりに集まっていた兵が二つに割れて、草鞋《わらじ》の泥を石にこすりつけている大鳥の姿が見えた。大鳥は、天野に山門の外を指さしてみせている。伝習隊第二大隊五百人ほどの、入るところがないようだった。

付近の農家を借りて、兵達を休ませてから大鳥は本堂に入って来た。

初対面の桑名藩士達とていねいな挨拶をかわし、歳三の隣りに腰をおろした。

鈴木蕃之助が、軍議の経過と結果を説明した。大島は、品のよい顔に薄い笑いを浮かべた。

「やはり、宇都宮ですか」

聞きようによっては、愚策だと言っているようだった。切れ長の、つめたい感じのする目がちらと歳三を見た。歳三を中心にして軍議がすすめられ、ほぼ決まっていたことが面白くないようだった。良順が口を滑らせたあの一件が、まだ尾を引いているのかもしれなかった。

「ごめんよ、歳さん。悪気《わるぎ》はなかったんだが」と、良順は丸めている頭をかいた。大鳥に会って世間話をしていた良順は、何気なく「あなたも土方もたいしたものだ」と言ったらしい。播州赤穂の村医者の子であった大島圭介が歩兵奉行となったのも、多摩郡石田村の百姓の倅であった歳三が寄合席格にまで出世したのも、良順にとっては同じように「たいしたもの」であったが、大島は歳三と同列に並べられたのが不愉快だったようだ。「あちらは剣、私は学問、くらべる方が無理でしょう」と言って、挨拶もそこそこに立ち去ったというのである。岡山藩の藩校で漢学を、大坂に出て緒方洪庵に蘭学を学び、さらに江川英敏について兵学をおさめた大島にしてみれば、歳三は、人を斬って名をあげた男に過ぎない。市中取締りの名のもとに人を斬り、京洛をおびえさせた男が、土方さん、土方さんと騒がれているのなど、苦々しいかぎりであったにちがいなかった。

「私は、今いたずらに兵を動かすべきではないと考えておりました」

と、大鳥は言った。

「が、軍議の決定には従います」

「いや、大鳥さんのお考えもお聞かせ願いたい」

柿沢が穏やかに言う。大鳥は、一同を見廻した。

「江戸城を受け取った新政府軍がどう出るか、それがわからぬうちに兵は動かすべきではないと思うのですが」

「なるほど」

と、言う者がいた。この男達は何のために脱走してきたのかと、歳三は思った。慶喜の罪は許す、それで終りにしようと新政府軍が言ったならば、「はい、わかりました」とシャスポー銃を渡して四方に散って行くつもりなのだろうか。

「もう一つ言わせて下さい」

隣りへすわったくせに、大鳥は意識して歳三へ目を向けず、正面を見つづけているようだった。

「進軍をとるとしても、宇都宮を狙うというのは如何なものでしょうか」

「なぜです」

歳三も、正面を向いたままで言った。

「日光がある」

「なぜ、宇都宮より日光なのです」

「日光山は、天然の要害です」

確かにその通りだった。日光山とは、東照宮、二荒山神社、輪王寺《りんのうじ》を中心とした二十ヶ院、八十坊の総称で、前には大谷川《だいやがわ》の急流が奔《はし》り、周囲には堅固な石垣がめぐらされている。しかも、山内の道はすべて丁字か鉤《かぎ》の手《て》になっていた。

「その上、東照宮に祀《まつ》られているのは、神君家康公だ。いかに薩長軍といえども、神君の御前に銃弾を撃ち込むわけがない」

「だが、糧食をどうする。日光山は要害の地ではあっても、城としてつくられたものではない。糧道がねえ筈だ」

「先程も申し上げたが、いたずらに兵を動かすのは得策ではない。わたしは、日光山に入って、しばらくは薩長軍の出方を見るべきだと思う。宇都宮へは、はなから戦さをする気で行かねばならない」

「その通りだが、宇都宮は放っておいてよい所ではない。日光で薩長の出方を見ると言っても、宇都宮を薩長軍におさえられたままでは、いざという時に身動きがとれねえ」

「放っておいてよい所でないのは、わかっている。が、薩長軍がおとなしく引き渡してくれるわけはなし、宇都宮へ向かえば、相当の戦死者が出る」

「それでも、とらねばならぬところはとらねばならない」

「土方さん。あなたは、宇都宮が必ず我々のものとなるという考えの上に立って、意見を述べていられるようだ。宇都宮城を落とさねばならぬのは間違いないが、落とさねばならぬということと、宇都宮が必ず落ちるということは別にしなければ」

歳三は、むっとして大鳥を見た。大鳥は、あいかわらず正面を見つめている。憎らしいほど整った横顔であった。

「大鳥さん。こうしたらどうでしょう」

柿沢勇記が、公用人をつとめていたらしい如才なさで言った。

「第二大隊の到着で、我が軍は二千人をこす大軍となりました。これが一時に同じ道を進んだのでは、土方さんではないが、たちまち糧食の調達に困ってしまう。二隊、ないしは三隊にわけて、別の道を進まなければどうしようもありません。それならば、大鳥隊は日光をめざし、土方隊は宇都宮に向かうということにしたらいいと思いますが」

「名案だ」

桑名の立見鑑三郎が言った。

「そうするよりほかはない。わたしも、宇都宮はとるべきだと思います」
異存はないと、一呼吸おいてから大鳥は答えた。
第二大隊五百人を加えて部隊の再編成が行われ、総督にはあらため
て大鳥圭介がおされた。大鳥は、実戦の経験がないことを理由に歳三
をおしたが、歳三はかぶりを振りつづけた。歳三が上にたってうまく
ゆく筈がないのは、今の論争でもあきらかだった。
編成が決まり、柿沢勇記によって書き出された。その内容は、

総督　　大鳥圭介
副総督　土方歳三
前軍　伝習第一大隊　　長　秋月登之助

桑名藩隊　　　　　　　長　立見鑑三郎
新選組　　　　　　　　長　土方　歳三
大砲二門及び砲護兵
中軍　伝習第二大隊　　長　本多幸七郎
　　　大砲隊
後軍　歩兵第七聯隊　　長　山瀬　主馬
　　　　　　　　　　　　天野電四郎
　　　土工兵

というものだった。何とはなしに、堂内がざわめいた。気持が昂ってきたのだろう。

「相談がある」

と、歳三は言った。堂内は、ふたたびしずまりかえった。

「戦旗をつくりたい」

大鳥が、はじめて歳三を見た。歳三は、大鳥が目をそらすのを待ってから口を開いた。

薩長軍は錦の御旗で力を得た。心が一つにもなった。が、残念ながら、我等にはそういう旗がない。それぞれの胸中にさまざまな思いのあるのは当然だが、戦さは心が一つにならねば勝てない。ふりあおげば心が一つになる旗が、どうしても欲しい。

「わたしもそう思う」

大鳥の声がそう言った。

「戦旗なしに戦場へは出られない。で、土方さんは、どんな旗をお考えか」

「東照神君《とうしょうしんくん》の御旗《おんはた》を」

「わたしも、東照大権現《とうしょうだいごんげん》の神旗を考えていた」

と、大鳥圭介が言った。

「それ以外に、我々の戦旗はない」

徳川家は武家の頭領であった。武家であることに誇りを持ち、武家として戦った鳥羽伏見の戦さがあやまちでなかったことを証明するためには、徳川家の開祖家康を崇《あが》める、東照大権現の旗をかかげねばならぬ。

少しつかえながらそう言って、歳三は大鳥圭介を見た。大鳥は、あいかわらず正面を見つめてつめたい横顔を見せていた。

「大急ぎでつくらせましょう」

柿沢勇記が、秋月登之助を連れて僧房へ走って行った。

炎の城

回天隊の相馬左金吾《そうまさきんご》が挨拶にきた。

回天隊は旗本隊の一つで、市川宿のすぐ近く、国府台《こうのだい》に純義隊、草風隊《そうふうたい》、貫義隊《かんぎたい》などと集結していたのだが、半数が大鳥軍に加わることになったという。他の隊は、村医者の子である大鳥の指揮下に入るのを嫌ったのと、物陰に身を隠して鉄砲を撃つ洋式の戦い方を潔《いさぎよ》しとしないのとで、別行動をとることにきめたらしい。

「が、勝つためには、大鳥軍の戦い方も必要だと、わたしは思いました」

と、相馬左金吾は言った。それでも半数である。洋式の戦い方でなくては勝てぬとわかっていながらなお、物陰に身を隠すことに抵抗を感じる旗本達の考え方がおかしかった。

その日のうちに、歳三の指揮する前軍は市川から松戸《まつど》、小金《こがね》と進んで一泊し、翌十三日、我孫子宿《あびこじゆく》の西、布施《ふせ》に宿陣、一日を長旅の準備にあて、十五日朝、利根川を渡った。空は晴れていたが、風はつめたかった。まだ春のままというより、もう秋が来ているようだった。

歳三は、馬上から長い隊列をふりかえった。一瞬、近藤勇や沖田総司とともに浪士組の一人となって上洛した時の、長い隊列がその上に重なった。あれから今日まで、長かったのか短かかったのか。いずれにせよ、その歳月があったからこそ新選組局長の近藤勇が生れ、一番隊隊長の沖田総司が誕生して、副長の土方歳三が京洛を駆けまわったのだった。

たとえ一人になっても、俺は戦う。新選組のあの時を、世の人に認めさせるまでは。

十五日、水海道に宿陣、十六日に常陸国下妻藩《しもつまはん》まで一里足らずの宗《そう》道村《どうむら》に到着して、協力を要請する使者を下妻藩の陣屋へ送った。石高は一万石、藩士も百人に満たず、藩主はわずか十二歳という小藩に、一千人の大部隊を相手に戦う力はない。協力を誓って、十人の兵士を送り込んできた。

歳三は、下妻陣屋を秋月登之助にまかせ、すぐに二百五十あまりの兵を率いて下館城《しもだてじょう》へ向かった。下館は譜代藩であり、藩主石川総管《いしかわふさかね》は若年寄と陸軍奉行を兼任していたことがある。が、脱走軍北上の知らせをうけると、総管は大勢の藩士を連れて笠間藩へ逃げて行った。城に残っていたのは家老のほかわずかな人数で、まったく抵抗せず城門を開き、糧食を差し出した。とにかく、脱走軍をやり過ごす方策をとったのだろう。

下館で秋月登之助を待ち、鬼怒川を越えて、十八日は蓼沼《たてぬま》、刑部《おさかべ》で宿営した。密偵があいついで戻ってきた。最初の一人が持ってきたのは、小山《おやま》での戦捷報告であった。

脱走軍は、大鳥隊が船形から利根川を渡って岩中、諸川と進み、草風、貫義隊が、会津をめざしていた凌霜隊《りょうそうたい》と合流し、関宿から利根川を渡って境、磯部へと進んでいた。筑波山の西側、六、七里の間を、土方隊を含めて三隊が北上していたのである。道筋にある諸藩はどこも、脱走軍が自藩をめざしていると思えたにちがいない。まず、磯部とは目と鼻の先にある古河《こが》藩が、宇都宮城に救援を求めた。

宇都宮城にいた香川敬三は、脱走軍北上の知らせに、近隣諸藩から応援の兵を出させていたが、到着したばかりの笠間藩兵、壬生《みぶ》藩兵などを平川和太郎にあずけて古河へ向かわせた。そこへ、結城城に入っていた祖式金八郎からも、救援を求める使者が到着した。結城藩は、藩主水野勝知が佐幕を表明、藩士達が背を向けたところである。

古河に近づいていた平川隊は、結城へ引き返そうとした。これを知った草風隊以下旧幕三隊が平川隊を追撃、小山宿附近で襲いかかり、半刻《はんとき》足らずで敗走させた。四月十六日、のちに総野の戦いと呼ばれた下総下野《しもつけ》での戦争の緒戦であった。

その直後、結城城の祖式金八郎は、しなくともよい戦さを大島隊にしかける。大鳥圭介は、兵を損なわずに日光へ入ろうとしていた。祖式金八郎が籠城のかまえを見せていれば、大鳥隊は結城を避けて進んで行った筈であった。が、祖式は大鳥の考えを知らない。城を出て、小山近くの武井まで進出した。祖式隊の兵の数は約二百、大鳥隊は一千余、その上全員が最新式の銃を持っている。結果はあきらかだった。祖式隊も半刻足らずで大敗、勢いにのった大鳥隊は、翌十七日に小山へ入り、敗走した平川隊に合流した香川敬三隊も破った。その後、戦捷の酒宴を開いているところを祖式隊に襲撃されたが、これもかろうじて退却させた。今は時間のかかりそうな壬生城《みぶじょう》攻略をあきらめて、栃木宿へ向かっているという。

二人目は、歳三がにんまりとする知らせを持ってきた。宇都宮城の東南、四の丸付近の堀は、噂通りほとんど空になっているというのである。

宇都宮城は関東七名城の一つであった。美しい姿もよく知られているが、それ以上に、攻めるに難く守るに易い堅固な造りであることで名を馳せていた。が、どんな名城にも弱点はある。歳三は、宇都宮をめざした時から密偵をはなち、城にかかわる噂を細大もらさず集めていた。噂はいろいろあった。二代将軍秀忠を亡きものにしようと本多正純がたくらんだ釣天井の話など、とるに足らぬものもあったが、聞き捨てにできぬものもあった。東南の堀の浅さである。もともと浅かった堀は今、ほとんど空になっているというのだが、密偵は、それが事実であることを確かめてきたのだった。戦さがないままに、打ち捨てておかれたのだろう。

歳三は地図をひろげ、明かりを引き寄せた。宇都宮城の守備は、藩士のほか宇都宮救援隊の彦根藩士らがいて、千人ぐらいになろうかという。しかも、西の丸の守備は手薄となっているらしい。

やれる。土方隊も一千余、城攻めには三倍の兵が必要というが、兵器の差と気力の差を加えて三倍になる。

熱くなってきた顔を、三人目の密偵に向けた。三人目の密偵は、先刻から俯いたままだった。下総の松戸から、江戸へ向かわせた有坂杉《ありさかすぎ》吉《きち》であった。

「どうした」

そう尋ねてから、返事を聞きたくないと思った。杉吉には、板橋のようすを探らせた。思わしくない状況であれば、勇の門人を通じて海舟や大久保一翁に力を貸せと言えと命じてある。勇の門人の名も教えたが、杉吉の表情は暗かった。

「まさか」

杉吉は答えない。

「どうしたってんだ」

歳三は、先刻と似たような言葉を早口に言った。

「局長は、十五日に板橋を出られました」

「ほんとうか」

声がうわずった。

「ほんとうなんだな。ほんとうに近藤さんが板橋を出たのだな」

「はい。今戸へ向かわれたようです。野村さんや相馬さんも一緒です」

杉吉は、一息に言った。歳三は、杉吉を見ていなかった。見えているのは、勇が良順の話を聞いている光景だけだった。勇は、歳三と同じように総司の容態を尋ね、皆が総司の合流を待っていると伝えてくれと言って、夜通し馬を駆けさせてくるだろう。歳三は、隊士達のいる部屋へ飛び込んだ。

「聞いてくれ、吉報だ」

「宇都宮城からの斥候を捕えたのですか」

「それどころじゃねえ。もうすぐ、近藤さんが来る」

「ほんとうですか」

「誰がこんな嘘をつくか」

じっとしていられなかった。歳三は、宿所となっている寺を飛び出した。降るような星空の下を、宇都宮へ駆けてくる馬のいななきが聞えたような気がした。

が、その夜、宿所から杉吉の姿は消えた。

宇都宮城では、土方隊の進攻にそなえて、真岡街道《もうかかいどう》の守備をかためているという。それならばと、歳三は、配備の手薄な砂田街道を進んだ。砂田村の守りについていたのは、五兵衛新田の健十郎宅を窺い、流山の長岡屋を襲った宇都宮救援隊のうちの彦根藩兵だった。

「突っ込め」

歳三は吠えた。先鋒隊《せんぽうたい》は、新選組と桑名藩隊で組織した。鳥羽伏見での鬱憤《うっぷん》を晴らすように皆、雄叫《おたけ》びをあげて彦根藩兵の中へ突っ込んで行く。

「新選組、土方歳三」

勇は釈放された。もう内藤隼人ではない。新選組の土方歳三だ。彦根藩兵はたちまち潰走した。

「廻れ」

歳三は、ふたたび吠えた。先鋒隊は、砂田村から急旋回して真岡街道の最も宇都宮城寄りを守っていた宇都宮藩隊に突進した。守りの根もとを突いたのだった。守りの先頭に出ていた烏山藩兵が、一発の弾も撃たずに敗走をはじめた。根もとの宇都宮藩隊は、先鋒隊の突進を許すまいとして前進する。逃げようとする烏山藩兵と宇都宮藩兵のぶつかりあったところへ伝習隊のシャスポー銃が乱射された。

歳三は、先鋒隊を率いてひたすら進む。たまらず敗走した宇都宮藩隊と、踵を接するようにして城の下を流れる田川を渡った。民家に火が放たれた。強い南風が火の粉を散らす。たちまち燃えひろがった火が風を呼び、風は火勢を強めて、たちまち炎を四方へ広げた。東照大権現の神旗がはためいた。歳三は、三度《みたび》吠えた。

「進め。ひるむな」

斬れ。叩っ斬れ。城内に突入した時、すでに歳三は、全身に返り血を浴びていた。槍隊が立ちはだかり、前髪立ちの少年が、甲高い声でおめいた。歳三は、皆斬って捨てた。

鬼神か。

斬り、走り、おめいてはまた斬るすさまじさに、歳三の従者すら、おびえて逃げ出そうとした。歳三は、大喝して従者を斬った。

逃げるな。逃げるのは、幕臣として生きてきたことを恥じるのと同じだ。悔いているのと同じだ。進め。一歩たりとも退《ひ》くな。

歳三は血刀をさげて、燃える城の中をさらに走った。

戦さは、夕七つに終った。朝の四つから三刻にわたる激戦だった。兵達は、城外にいる歳三や秋月登之助のいるあたりへ集まってきた。が、姿の見えぬ者がいた。回天隊隊長の相馬左金吾もその一人であった。城内突入の指揮をとっている時に、胸を銃弾で射ぬかれたという。

日は暮れている。夕焼けは消えた筈だが、空は赤い。城も城下の町もまだ燃えているのだった。歳三は茫然とその火を眺めた。

城から炎のあがるのは覚悟していた。落武者は、城を渡すまいとして自城に火をかける。攻める方も、城を炎でつつもうとして民家に火をかけるのだ。が、焼野原になるとは思っていなかった。本丸は焼かれても仕方がないが、他は、多少焼け焦げても残るだろうと思っていたのである。

だが、焼け落ちた。先鋒隊が宿営する場もないほどに。俺のしくじりだ。負けにひとしいしくじりだ。

「副総督――」

兵の呼ぶ声で、我に返った。新選組や桑名藩隊の隊士にかこまれて、不精髭のやつれきった男が立っていた。見覚えのある顔だった。歳三は、記憶の糸をたぐった。たぐり終らぬうちに、男が「面目次第もござらぬ」と言った。そのしぐさで思い出した。もと幕府老中の板倉勝《かつ》静《きよ》だった。香川敬三に捕えられ、宇都宮藩預りとなって城下の英巌寺《えいがんじ》にいたのを助け出されてきたのだった。

「刑部《おさかべ》へ戻る」

と、歳三は言った。消火につとめさせてはいるが、火が消えれば消えたで水びたしとなる。宇都宮藩士の反撃も考えられないわけではなく、ここでの宿営は諦めた方がよさそうだった。

が、その夜遅く、念のためにと城下へしのばせておいた者が戻って来た。日光へ向かっていた筈の大島圭介が、宇都宮へ入ったというのである。大鳥は、鹿沼《かぬま》で宇都宮が落ちたとの知らせを聞き、急遽、方向を転じたらしい。

翌朝、歳三も、焦げたにおいが鼻につく宇都宮城下へ戻った。大鳥圭介は、かろうじて焼け残った宇都宮藩校、修道館に入っていた。兵達は、その周辺にある重臣の屋敷に分宿しているようだった。

大鳥は、不機嫌だった。歳三が、燃えている城を捨てて刑部へ引き上げて行ったことが、気に入らぬようすであった。大鳥の参謀となっている柿沢勇記が、歳三を修道館の隅へ連れて行った。

「大鳥さんは、宇都宮が我が軍の支配下に入ったと思っておられたのですよ」

が、先鋒隊は引き上げたあとだった。しかも、戦さが終ったと知って、郊外に難を避けていた人達が次々に引き上げてくるところだった。そこへ大鳥隊が入ってきたのである。連戦で気を昂らせていた兵達は、制止もきかずに町へ散って行った。酒や女を求めて行った。兵達は女を襲い、金品を奪って、抵抗する者を殺害した。収拾のつかぬ騒ぎとなった。日頃、優柔不断と言われるほど兵達には温厚な大鳥が頰をひきつらせ、大声をあげて数人を斬り捨てたという。「あんな大鳥さんは見たことがありません」と柿沢は言った。

町人達の反感を買わぬため、焼け残っていた米蔵を見つけて三千俵の米を配ったが、大鳥にしてみれば、さっさと刑部へ引き上げて行った歳三の後始末をさせられているような気になったことだろう。歳三は大鳥の部屋へ戻って非を詫びた。が、大鳥は返事もしなかった。

お互いにそのしこりが残っていたのかもしれない。翌日の軍議では、大鳥と歳三の言い争いとなった。

大鳥は、壬生城への出撃を主張した。それに、柿沢勇記と、伝習第二大隊の差図役頭取、浅田惟季《あさだこれすえ》が反対した。ことに浅田は激昂して、かつては宇都宮藩士が机を並べていたにちがいない講堂のすりきれた畳を、こぶしで叩いて声を張り上げた。

「総督。もう一度よくお考え下さい。宇都宮にとどまって、何の利点がありますか。確かに宇都宮は四方から街道の集まる衢地《くち》、関東の要《かなめ》ではありますが、それは数万の軍勢をもって近隣諸藩を睥睨《へいげい》した時のこと、数千の兵でかためた時は、四方の街道から攻めかかられる危険な地点となるではありませんか」

「だからこそ、壬生城をとろうというのだ」

「壬生、宇都宮と兵力を分散するのが得策ですか」

「ほかにどんな策がある」

「日光です。当初のお考え通り、日光に行くべきです」

「土方さんは、如何お考えか」

突然、大鳥が歳三を見た。床の間を背にして大鳥が坐り、歳三は、大鳥と向い合っているおもだった兵の一番前にいた。

「大鳥さんと同意見だ」

と、歳三は答えた。

壬生、宇都宮と兵力を分散するのは得策でないと浅田は言ったが、大鳥軍が壬生をとったと聞いたなら、各地で転戦中の諸隊が集まってくるだろう。それに、今ならば旧幕軍連勝の知らせに壬生藩は浮足立っている。密偵によると、鳥取藩士河田左久馬《かわださくま》を隊長とする三千の兵が、江戸から宇都宮救援に向かっているといい、壬生城攻略は、河田隊到着前の今しかない。

大鳥が歳三を見た。歳三は、大鳥が出撃を決めるものと思った。が、大鳥の口から出たのは、まるで違う言葉だった。今日の軍議の終りを告げたのである。

「明日、もう一度軍議を開く。それぞれの考えを、よく検討しておいてもらいたい」

「待ってくれ。それでは戦機を失してしまう」

大鳥はかぶりを振った。

「浅田の言うことにも一理ある」

「それなら日光転進を決めればいい。今は迷っている時じゃない。一日の遅れが、取り返しのつかねえことになる」

「土方さん。ここは我が軍にとって正念場だ。いたずらに先を急いではならない」

「だが、三千の兵が宇都宮へ急いでいるのだ」

「だから、慎重に討議したい」

「冗談じゃねえ」

歳三はわめいた。

「河田隊が壬生をとったらどうする」

「とらせない。すでに我が方へ味方せよとの使者を壬生藩へ出している」

「壬生から返事はきたのか。壬生藩は返事を引き延ばして、河田隊の到着を待っているかもしれねえ」

「土方さん。あんたは壬生城まで灰にする気か」

「何」

「わたしは、無傷の壬生城に入りたいのだ」

言い捨てて、大鳥は席を立った。柿沢が、我慢しろというように歳三の背を叩いてそのあとを追い、浅田も講堂を出て行った。講堂が急に静まりかえった。

「行きましょう。土方さん」

肩を叩かれてふりかえった。秋月登之助と、立見鑑三郎が立っていた。こんな時に申訳ないがと前置きして、立見は言いにくそうに言った。藩主松平定敬《さだあき》が桑名藩分領の柏崎にいるらしいことがわかったというのである。確認がとれれば、柏崎へ行くつもりのようだった。藩士として当然の行動ではあったが、勇敢な仲間を失うことでもあった。

翌日、軍議が開かれる前に、河田隊三千人が壬生城へ入ったという知らせが届いた。永倉新八らが組織した靖共隊は、小山のあたりで大鳥軍に加わったと聞いたが、彼等は第七聯隊とともに壬生街道の守備についていた。安塚《やすづか》という地点まで進んでいたのを、やむをえず後退したという。

柿沢と浅田が宇都宮にいることの危険を説き、日光転進をすすめた。

大鳥は迷っているようだった。歳三はたまりかねて口をはさんだ。

「どうするのだ。決めてくれ、大鳥さん」

「どうするか、考えているのだ」

「考えている時じゃねえだろう。こうなったら、総督の言うことに従うほかはねえ。壬生でも日光でも、大鳥さんの言う通りにする。不平を言う奴がいたら、俺が叩っ斬る」

大鳥が、ようやく断を下した。壬生進攻だった。昨夜から今市にいる会津藩隊や旧幕三隊と連絡をとっていたようで、河田隊が宇都宮へ向えば戦闘地点となるにちがいない安塚で、彼等が新政府軍の側背をつくという。

講堂が沸いた。が、その声が、大鳥の次の言葉で静まりかえった。大鳥は、発熱のために出陣できないというのである。副総督の歳三は、宇都宮城守備に組み入れられていた。大鳥の策戦は見事だが、戦況は思い通りに動かない。河田隊が別の道に入るなど戦況が変わった時に指揮をとる者がいなかった。

歳三は、黙って講堂を出た。雨が降り出していた。四月もなかばを過ぎているというのに、つめたい雨だった。二十一日深夜、その雨の中を出発した大鳥軍が、一時は優勢にたったものの、陣頭に立った河田左久馬の勢いに押され、百数十名の死傷者を出して戻って来たのは、二十二日の朝であった。

日光転進が決定した。二十三日の朝の空は、昨日の雨が嘘のように晴れ上がった。歳三は、行軍の身支度を終えて、先鋒隊の中にいた。新選組の横には桑名藩隊が並び、そのうしろには伝習第一大隊と回天隊が並んで、歳三の号令を待っていた。

激しい銃声が聞えた。歳三は、秋月登之助と顔を見合わせた。敵兵が進んでくるならば、常に四方へ放っている偵察兵が知らせを寄越す筈であった。妙だとは思ったが、銃声はまだ聞える。歳三は、大鳥圭介を呼びに行かせた。

大鳥が、修道館から顔を出した。「筒払いだろう」と言う。雨が降っていた昨日の戦いで火薬が湿ったため、弾を撃ち出して銃の掃除をしているのだと思ったらしい。

が、兵がざわめいた。西側の松ヶ峰門から伝令が駆け込んで来たのだった。壬生街道に、大鳥が配備していた兵であった。伝令は、「敵兵襲来」と叫んでいた。

大鳥が修道館の中へ駆け込んだ。喇叭が鳴り響き、まだ身支度を整えていなかったらしい伝習第二大隊の宿舎が騒がしくなった。

歳三は、先鋒隊を指揮して松ヶ峰門周辺の土塁に陣取った。伝令は、早口に敵の状勢を伝えている。襲撃は、河田隊によるものではなかった。薩摩、大垣の兵が壬生に到着していて、宇都宮の敗戦後に壬生城へ逃れていた香川敬三隊も加わっているという。しかも、四ポンド山砲三門、臼砲二門を備えていると伝令は言った。強力な装備であった。が、その大砲にそなえねばならない宇都宮城の土塁は、十九日の戦争でかなり崩れていた。

銃声が激しくなった。栃木、壬生などの街道から宇都宮への入口となる、六道辻《ろくどうのつじ》あたりからだった。大鳥はここに新しく土塁を築き、兵を配備していたが、政府軍は、予想以上の早さで近づいてきたらしい。

轟音がとどろいた。間《ま》を置かずに、また響く。五門の砲がかわるがわる火を噴いているのだろうが、それにしても弾をこめてから撃ち出すまでの間《ま》は、歳三が知っている大砲よりはるかに早かった。シャスポー銃も、もう最新のものではないのかもしれない。歳三は、土塁の陰で銃をかまえている兵を見た。わずかな兵で守っている六道口は、ひとたまりもなく破られるにちがいなかった。

来た――。

門の外に出ていた兵が、頬をひきつらせて駆け戻ってきた。

地響きがした。喊声《かんせい》と、足音と、馬のいななきとが混じり合い、すさまじい音となって、敵が四方から押し寄せてくるように思える。歳三は土塁にのぼった。

武家屋敷が何列にも並ぶ通りを、黒いシャツにズボンの姿が蠢いていた。薩兵だった。土塁の前の空濠《からぼり》で大砲が炸裂し、それを合図にして薩兵は銃を乱射しながら駆けてくる。新選組、回天隊は土塁に軀を寄せ、伝習隊の銃が火を噴いた。

薩兵の姿が大きくなった。砲弾は頭上を越えて行く。焼跡のあちこちで、火と土が波しぶきのように跳ね上がった。歳三は、土塁の陰に降りて兼定を握りしめた。

気配でわかる。今、空濠は黒服の薩兵で埋まり、蟻が這い上がるように、一人、二人と土塁にとりついているにちがいなかった。斬り込むにはまだ早い。もう少し伝習隊の銃にまかせておけ。

銃で掃射しきれない蟻が、次々に這い上がってくる。一匹、二匹と、土塁の中へ飛び込んでくる。

今だ。

「行け」

歳三はわめいた。新選組、桑名藩隊、それに貫義隊が、いっせいに土塁を離れた。飛び込んできた敵をつづけざまに斬り斃した歳三の目の端に、黒い赭熊《しやぐま》をかぶった男の姿が映った。

男は土塁の上に立ち、土方隊の猛反撃にひるみがちな薩兵を、声をからしてはげましている。小柄だが、腕力もありそうなその男の姿を忘れる筈がなかった。勇を捕えていった有馬藤太だった。

「近藤さんを助けてくれた恩は恩だ」

歳三は、土塁を駆けのぼった。向う側から土塁の上へ駆け上がった薩兵は斬った。有馬と視線が合ったとも思った。が、足首に鋭い痛みが走った。有馬に向って走るつもりが、土塁の内側に転がり落ちた。

痛みは消えたと思った。かすり傷を負ったのかもしれなかった。ふたたび土塁を駆け上がろうとしたが、頂上が妙に遠い。じれったくなって、兼定をくわえて這い上がろうとした肩を強い力で引き戻された。

島田魁と中島登だった。

「何をしやあがる。離せ」

「離しません」

島田魁は、歳三の手をとって自分の肩にかけ、うむを言わさずに背負った。

「よせ、みっともねえ」

「みっともなくても、副長に死なれては困るんです。東照大権現の旗の下に集まった者が皆、困るんです」

「奴だ、有馬藤太がいたのだ。奴と勝負をさせてくれ」

「薩兵のピストルで撃たれたんですよ」

「ピストルで？」

「動けなくなったらどうします。それに、有馬藤太も伝習隊の鉄砲で撃たれたようです」

「奴は鉄砲か」

「でも、副長は、土塁に上がってきた隊長を斬り捨てたじゃありませんか」

そういえば有馬藤太を見据えながら斬った薩兵は、赤い赭熊をかぶっていたような気がする。

「薩兵は引き上げを開始しています。副長も怪我の手当てをして下さい」

張りつめていた気持がゆるんだせいか、足首が痛みはじめた。島田魁は、歳三を修道館の中へ運び込んだ。秋月登之助も傷を負って、手当てをうけていた。銃創は化膿するとおそろしい。歳三は、秋月登之助と今市《いまいち》へ送られることになり、歳三には島田魁、中島登、漢一郎ら新選組隊士六人が、秋月には伝習隊の兵がつきそってきた。

追いかけるように、午後の戦さで大鳥軍が敗退したという知らせが来た。薩軍の有馬藤太は、やはり傷ついて後方へ送られたらしい。

繃帯を巻かれた足首を見ているうちに、宇都宮城で斬り捨てた従者の岩吉を思い出した。歳三と同じように百姓の伜であった岩吉は、歳三の従者にさえならなければ、一生をまっとうできたかもしれないのである。

歳三は、中島登を呼んだ。縁者で八王子千人同心の土方勇太郎が日光へ来ている筈だった。勇太郎に今市まできてもらい、いくらかの金を渡して岩吉の供養を頼むつもりだった。中島は承知して、すぐに日光へ向かった。

本書は、株式会社講談社のご厚意により、講談社文庫『歳三からの伝言』を底本としました。但し、頁数の都合により、上巻・下巻の二分冊といたしました。

歳三からの伝言　上
（大活字本シリーズ）

2024年11月20日発行（限定部数700部）
底　本　講談社文庫『歳三からの伝言』
定　価　（本体3,200円＋税）
著　者　北原亞以子
発行者　並木　則康
発行所　社会福祉法人 埼玉福祉会
埼玉県新座市堀ノ内3—7—31　〒352—0023
電話　048—481—2181
振替　00160—3—24404
印刷製本所　社会福祉法人 埼玉福祉会 印刷事業部

ISBN 978-4-86596-656-5